狐が嫁入り
八雲が顔を上げるのを狙っていたかのように烔が近付いてきて、
あっと声を上げる間もなく唇を吸い上げられた。

狐《きつね》が嫁《よめ》入《い》り

茜花《さいか》らら
ILLUSTRATION：陵《みささぎ》クミコ

狐が嫁入り

LYNX ROMANCE

CONTENTS

狐が嫁入り

子守唄《うた》が聞こえる。

八雲が遊び疲れて屋敷の縁側で昼寝しようとすると、いつも聞こえてくる優しい歌だ。

その人は八雲の小さい頭をそっと抱き上げて自分の膝《ひざ》に乗せ、八雲が寝つくまでずっと頭を撫《な》でてくれた。

屋外で遊び慣れない八雲は、その人と山を散策したり、川遊びをするのが何よりの楽しみだった。

八雲が怪我《けが》をすることを心配するあまり、何でも危ない危ないといって手を貸してくれる両親とその人は違った。

川辺の大きな岩場も、その人は八雲に「おいで」と言って冒険させてくれた。いつもなら足が竦《すく》んでしまうような高さでも、八雲は勇気をもって跳ぶことができた。その人が両腕でしっかりと抱きとめてくれると信じてたから。

たくさん走っても転んでも、その人と一緒なら怖くなかった。

大きな掌《てのひら》をぎゅっと握って、どこまでも行けるような気がした。

だけどたくさん運動すると八雲はすぐに疲れて、眠くなってしまう。前の晩、どんなにしっかり眠っていても。

まだずっと遊んでいたいのに。疲れてなんかいないのに。

それでも日が暮れかける頃《ころ》になると、八雲は疲れてすっかり眠ってしまうのだった。

そうすると、どんなに遠くまで大冒険に出かけたつもりでも気が付くと八雲は自宅の縁側に辿《たど》り着いていて、その人との別れを覚悟しなければならなかった。

「……ねえ、また明日もあそぶ？」

どうしても重くなってくる目蓋《まぶた》を押し上げて八雲が顔を上げると、その人は夕焼けみたいに赤い瞳《ひとみ》を優しく潤ませて微笑《ほほえ》んだ。

「ええ、きっと。だから今日は、ゆっくりお休みください」

頭を撫でるその人の手を握って、八雲はぎゅっと胸に抱きしめた。

八雲が精一杯の力で握りしめても、いつも目を覚ます頃にはその人はいなくなっている。

いつの間にか縁側で一人眠っていた八雲は母親に揺り起こされて、どんなにあたりを探してもその人はもういなくなっている。いつもそうだ。

八雲から会いに行くこともできない。八雲以外、誰もその人を知らない。

「ぜったいだよ。……やくそく」

抗《あらが》い難い眠気に誘われて、八雲は覚束《おぼつか》ない口調で何度も繰り返す。

頭上で、その人が微《かす》かに笑ったのを感じた。その吐息が八雲の頬《ほお》を擽《くすぐ》って、それすらこそばゆいくらい幸せに感じる。

ずっと一緒にいたい。目が覚めても、ずっと一緒にいてくれたらいいのに。

「――私《わたし》はいつでも、あなたの傍《そば》にお仕えしております」

眠りに落ちる寸前、確かにその美しい声を聞いた。

だけどある時から突然その人は現れなくなって、八雲が十歳を迎える頃には、すっかり姿や声も思い出せなくなっていた。

人口約八百人ほどの小さな村から、都心部の国立大学に進学をする生徒は八雲が初めてだそうだ。八雲自身、中高時代の修学旅行や遠足以外で自分が都心に出ることになるなんて思ってもみなかったし、実際一人暮らしをはじめた今となってもあまり実感がわかない。

八雲が進学を決めた国立大学は偏差値も高く、正直合格するとは思っていなかった。

何しろ村で一番頭がいいなんていっても人口が少なければたかが知れているし、ただ運が良かっただけだろうと正直思っていた。

八雲の合格祝いは家族だけでひっそりと行われ、相変わらず友と呼べるような人からの見送りもなく、「こんなものか」と拍子抜けするような調子で東京《とうきょう》での新生活が始まった。

東京の空はとにかく狭い。

高層ビルにあちこちを遮られて、人も多いし空気も澱《よど》んでいる。どの人もみんなせわしなくて、こんなにたくさんの人がひしめき合っているのにみんな自分の手元以外は見えていないという感じだ。

小さい頃から山と川に恵まれた大自然の中で育った八雲には、まるで別世界のように感じた。

とはいえ八雲は友達もいなくて、あまり外で遊んだ記憶もないのだけど。そのおかげで勉強ばかりできるようになってしまった。視力も低下して、村じゃ老眼以外で眼鏡《めがね》をかけているのは八雲くらいのものだ。

「八雲、こんなところで本当に一人で大丈夫？　やっぱり家から通ったほうが……」

入学式を終えた母は八雲の新居を去り難そうに、何度もそう切り出した。

「家から通ったら通学だけで半日潰《つぶ》れちゃうよ」

そうだけど、と言いながら母は空気の悪さを気にするように周囲を見回している。

確かにここじゃ自然と呼吸が浅くなる。深呼吸したら、肺が汚れてしまいそうだ。部屋だって、平屋で七部屋もあった実家の屋敷と比べたら狭苦しいことこの上ない。だけど、これだけ多くの人がここで生活をしているんだから八雲だって生きていけるだろう。

そもそも村で最も就職率の高い林業に就けない八雲は、大学を卒業してからも都心で就職せざるを得ないかもしれない。そんなことを言えば、母はよけいに心配をしてしまうだろうけど。

「じゃあ、お母さん帰るけど……。何か困ったことがあったら、いつでも連絡してちょうだいね。お母さんすぐに飛んでくるから。お母さんだけじゃないわよ、お父《とう》さんやおばあちゃんだって、みんな八雲のこと心配してるからね」

「わかった、わかったってば……」

真剣な面持ちでぎゅっと両手を握り締めた母に、八雲は苦笑を浮かべて肯《うなず》いた。

東京の大学に進学すると決めた時こそみんな応援してくれたものの、いざ一人暮らしが決まると事が万事、この調子だ。ちょっと我が家は他《ほか》の家庭に比べて過保護なんじゃないか、と思わないでもない。

もっとも橘家《たちばなけ》の血統を継ぐのは八雲ただ一人だから、祖母や両親が心配する気持ちもわかるんだけど。

「八雲」

ようやく玄関先まで出た母がふと振り返ったかと思うと、不意にハンドバッグを探った。

「これを、肌身離さず持っていなさい」

急に思い詰めたかのように険しい表情を浮かべた母の、白くて柔らかな掌の上には色褪《いろあ》せた紫色のお守りが乗せられていた。

銀色にも見える白い紐《ひも》がきれいな形の二重叶結《にじゅうかのう》びになっているけど、そこかしこが解《ほつ》れかけている。中央に編みこまれた文字もほとんど読み取ることができない。

八雲が、初めて見るものだ。

「これは、うちに代々伝わっている大事なお守りでね。きっと、八雲を守ってくれるから」

何か惹《ひ》きつけられるように呆然《ぼうぜん》とお守りを見下ろした八雲の手を半ば強引にとって、母がそれを押し込んだ。代々伝わっている大事なお守りという割には、扱いが乱暴だ。

だけど母の表情には冗談を言っているような素振りはまったくなく、むしろ夏になると聞かされる橘家の怪談話をしている時と同じくらい、真剣そのものだ。

まあ、怪談話と同等程度の真剣さでしかないともいえる。

「いい？　絶対にこれを持ち歩いていなきゃ駄目だよ」

「でも、そんな大事なものを僕に持たせたらお父さんやおばあちゃんが――」

咄嗟《とっさ》にお守り押し返そうとした八雲の手を、母が強引に閉じさせた。きつく口を閉ざして、首を振る。

橘家では夏が来るたびに毎年、祖母の口から怪談話が語られる。それは自分たちの遠くない先祖が実際に体験してきたということばかりで、しかも八雲がこの歳《とし》になるまで、覚えている限りでは同じ話を聞いたことは二度とない。

正直怪談話なんて信じていないけど、橘家の人間はそういう不思議な体験をするんだと、昔からそう教えられていた。だから祖母の話を今度は両親が八雲の孫に、そして八雲もいつか自分の孫に……

と代々受け継いでいくように決められている。

どんな家でもこんなものかと思って八雲が小学生の頃林間学校で自分の家の怪談話をすると、クラスメイトは頑《かたく》なに口を閉ざし、先生方からも腫《は》れ物に触るような目で見られたことをよく覚えている。

橘家はどうも、そういう家らしい。

周りの家庭と違っているのはただちょっと裕福というだけではないようだ。その裕福な理由も、よくわからないし。昔から憑《つ》きもの筋の家は富を得るというけど。

確かに祖母の昔話でも橘家はよく集落の怪異を祓《はら》う存在として、自分たちから悪いものに巻き込まれていっているふしがある。

だからといってこの高層ビル立ち並ぶ近代的な世の中で、お守りも怪異も何もあったものじゃないけど。

「……わかったよ。大事にするね」

八雲は頑なな母の様子に小さく息を吐《つ》いて、お守りを握り締めた。

橘家にとって大事なものを失《な》くすわけにもいかないし、今の八雲にとっては怪談話よりもホームシックに罹《かか》ることのほうがよっぽど怖い。実家が恋しくなった時には確かに、このお守りは大変な効力を発揮するかもしれない。

八雲が胸のポケットにお守りをしっかりしまってポンと叩《たた》くと、ようやく母は安心したようにほっと胸を撫で下ろして、東京を後にした。

果たして実際に大学の履修が始まると、ホームシックどころではない多忙の日々が八雲を待ち受けていた。

何しろのどかな田舎で両親の庇護《ひご》の下安穏と暮らしていた八雲にとっては、都内にあるキャンパスに辿り着くまでが一苦労だった。

まず、電車の路線図や駅の構内が迷路かと思うほどわかりにくい。

それは決まりきったコースだから何日か通えば慣れてしまえたけど、更に待ち受けていたのは満員電車だ。

すし詰めの車内に体をねじ込むのには熟練した技術が必要だったし、何とか乗り込むことができたとしても、キャンパスに辿り着いた時点で疲れきってしまっていた。

ラッシュが始まるよりも早い時間に電車に乗ることで何とかそれを回避することには成功したが、都会の人はどうりで、いつも疲れた顔をしている。

八雲は田舎で祖母と一緒に早起きをしていたから苦ではなかったけど、朝早い時間の電車はいつも熟睡している人で座席が埋まっていた。疲れた顔のサラリーマンや、果ては朝から電車のシートで熟睡している小学生の姿を見かけるたびに八雲は心底自分の田舎暮らしを感謝した。

このまま自分も都会で暮らしていたらこんな風に疲れた顔になってしまうんだろうかと思うと、怖くもあったけど。

「橘くんって、いつも早いよね」

朝早くに着いた大学構内のベンチで朝食のおにぎりを食べていると、知らない学生から声をかけられた。

驚いて顔を上げると、そこにはシンプルなカットソーに細身のジーンズを履いたいかにも都会的な男子学生と、柔らかそうな髪を二つに結った女子学生が立っていた。

「っ、！　あ、……ああ、あの、」

突然のことで慌てて、傍らの水筒に手を伸ばす。

勢い余って水筒に手の甲をしたたかぶつけてしまったけど、水筒の蓋はきちんと閉めてあったから事なきを得た。でもそれを咄嗟に支えようとして伸ばした手に握っていたおにぎりは、残念ながらベンチの上に転がって、ゆらゆらと揺れた後、地面に落ちた。

「あ、ごめんね？　急に声かけたりして。びっくりした？」

「だから言っただろ？　食べ終わってからにしろって」

「ごめん～」

女子学生はその場にしゃがみこんで地面に落ちたおにぎりを拾うと砂利を払ってくれたけど、その後、背後の男子学生にティッシュを差し出されて泣く泣くそれに包んだ。

「す、……すいません、僕があの、……びっくりしてしまって」

おにぎりを受け取ろうとして手を伸ばすと、女子学生は一瞬きょとんとした表情を浮かべた後、ゆるゆると首を振った。

「え、いいよ～。私捨ててくるし。ていうか、何で丁寧語？　あれ、私のこと覚えてない？　基礎ゼミ一緒の中路《なかじ》だよ～。あとこれは、田宮《たみや》ね」

「これってなんだよ」

綿菓子のような白い肌に笑みを浮かべた中路は、鈴を転がしたような声で笑ってその場を立ち上がり、短いスカートの裾《すそ》を翻して八雲の落としたおにぎりを捨てに行ってしまった。

「つーか、ほんと早いよな。いつも、何時に来てんの？」

田宮はジーンズのポケットに手を入れたまま八雲の隣に腰を下ろすと、大きく上体を傾けて顔を覗《のぞ》き込んできた。

「え、あ、えーと……七時くらい、です」

「いや、だからなんで丁寧語なんだって！　同じ歳でしょ、俺《おれ》ら。え、俺そんな留年臭かもしだしてる？」

あっは、と大きな声を上げて笑った田宮が、八雲の肩を気安く叩く。

思わずびっくりして、竦みあがってしまった。

失礼に感じるかもしれない。

八雲はびくびくした自分の反応を押し隠すように鼻の上の眼鏡を押し上げて取り繕おうとしたが、あんまり意味はなかったようだ。田宮は八雲の様子を見て目を瞬《まばた》かせ、小さく「悪い」と謝った。

「あっ、こ、こちらこそごめんなさい……ぜんぜん留年っぽいとかじゃなくて」

「そこわざわざ否定されたら余計それっぽいじゃん！　……てかもしかしてだけど、橘くんて……コミュ障？」

「ちょっと田宮！」

ゴミ箱から戻ってくる途中の中路の叱責《しっせき》が飛ぶ。

思わず八雲が怒られたみたいに感じて、背筋が伸びた。

「あーごめんごめん、ダイジョーブ、気にしないで？　ぜんぜん俺も、大学デビューだし！」

田宮はそう言って屈託なく笑い、八雲の肩に手を伸ばした。――が、八雲の緊張を感じ取るとすぐにその手をベンチの背凭《せもた》れに落とした。

「ご、ごめんなさ……ごめ、ん……あの、僕あんまりこういうの慣れてなくて……」

膝の上で水筒を握り締めておそるおそる打ち明けると、正面の中路がうんうん、と笑顔で肯いてくれた。隣の田宮も垂れた目を細めて黙って聞いていてくれる。

入学してから、まだ一ヶ月も経《た》ってない。

まさかこんな風に同年代の人と話すことになるとは思ってなかった。

八雲は微かな緊張に掌を汗ばませながら、必死で言葉を紡いだ。

八雲の村では、橘家はちょっと特異な存在だった。家を訪ねてくる大人の人とはよく話したけれど、同年代の友達と打ち解けて話したことはない。

小さい頃から近所の子とあまり遊んだ記憶がないのは、村に同世代の子供がいなかったわけでも、八雲が病弱だったりしたわけでもない、ということに気付いたのもつい最近のことだ。それくらい、八雲にとって同年代の子と話す機会は少なく、それが当然のことのように感じていた。

八雲が朝のラッシュを避けて早く通学していたのが、こんな効果を生むなんて思ってもなかった。びっくりしたし緊張もするけど、八雲は素直に嬉《うれ》しかった。何とかしてそれを伝えなければ、と焦ってしまうくらい。

「え、えっと……あの、……嬉しいです！　すごく！」

ぐっと拳《こぶし》を固めて、前を向く。中路と田宮の顔を交互に見て八雲がはっきりと声を張ると、一瞬、二人がぽかんとした顔を浮かべた。

何かおかしいことを言っただろうか。

互いに顔を見合わせてしまった二人の同級生に八雲が萎縮《いしゅく》し始めそうになると、先に噴き出したのは田宮の方だった。

ふは、と空気の漏れるような笑い声が隣から聞こえて、八雲は目を瞬かせた。次いで、中路が高い声を弾ませて笑う。

「うわー、橘くん超天然！」

「ピュアっピュアだねえ！　かーわいいー」

堪《こら》え切れなくなったかのように田宮が八雲の背中を力なく叩く。今度は少し、緊張しないでいられた。

初めて話をした相手なのにこんなに距離が近くて、しかもこんなに楽しそうに笑ってくれるなんてちょっとびっくりするけど、八雲もなんだか幸せな気分だ。

「橘くん、下の名前はなんてゆーの？」

「八雲、……です。八つの雲と書いて」

「おお、八雲立つ」

ひとしきり笑った後で中路が詰めて詰めて、と掌で八雲の隣を指した。田宮にも促されてベンチの上をずれると、八雲は二人の間に挟まれる形になった。

「八雲くんて呼んでいい？」

「やくもんはさー、どこ出身？　そんなピュアネスで大丈夫？　怪しいやつに騙《だま》されたりとかしてない？」

「一番怪しいのは田宮だって！　何よやくもんって！」

八雲を中心にして、中路と田宮の会話がポンポンと小気味良く続いていく。

天然だとかピュアだとか、言われたのは初めてだけど、悪い気はしない。多分中路も田宮も悪びれなく親しみを込めて言ってくれているからだろう。

二人の会話のスピードに八雲が口を挟むのは容易ではなかったけど、ただ聞いているだけでも自然と笑みがこぼれてくる。

「あ、八雲くん笑った」

思わず肩を震わせて笑ってしまった八雲の顔を覗きこんで、中路がひときわ高く声を弾ませた。

「あ、ごめんなさい、つい」

「え、いいよ全然いい！　……ってか八雲くんてこうして見るとめちゃくちゃ可愛《かわい》い顔してるよね。彼女とかいる？」

「おい、中路」

田宮が不機嫌そうな声を上げた。

もしかしたら中路と田宮はそういう間柄なのかもしれない。

八雲が驚いて田宮を見ると、照れくさそうにそっぽを向かれてしまった。

なんだか急に、二人の間に座っていてはいけないような気がしてきた。もっとも、そんなこと言ったら怒られてしまいそうだけど。

「僕は彼女とかは……あの、」

「えー！　なんで？　もったいないよ！　すっごい可愛いのに！　肌とか私より綺麗《きれい》だし、目も大きいし……カラコンじゃないよね？　すごい綺麗な黒目――」

「あ、あの」

放《ほう》っておけばぐいぐいと距離を詰めてくる中路に、八雲は反対隣の田宮を一瞥《いちべつ》した。田宮は頬杖《ほおづえ》をついて、もはやあらぬ方向を向いている。

「え、でもさ。せっかく大学入ったんだから合コンとか行ったほうがいいよ。八雲くんなら絶対すぐ彼女できるって」

「うん、彼女作れ。お前は。早く。絶対」

田宮が片言になってしまっている。

しかも「お前」なんて言われたのは初めてで、八雲は思わず行儀よく膝を揃《そろ》え、その上に握った拳を伏せた。

友達なんて呼べる人すらいなかったのに――あるいは中路や田宮をそう呼んでいいなら嬉しいけど――恋人だなんて、正直想像もつかない。

八雲の両親はお見合い結婚だというし、八雲もそうなるんじゃないかとずっと思っていた。

中路を前にしても、そのパッチリとした大きな目やよく笑う明るい仕種《しぐさ》、屈託のない様子を可愛いな、美しいなと思いこそすれ、異性として意識することはできない。

でもいつか八雲だって、お見合いにしろ恋愛にしろ、女性を娶《めと》って子孫を残すことになるんだろうと思うと――少し、ドキドキしてくる。目の前の中路の柔らかそうな体が、少し気になってきてしまう。

「あ、雨」

面白《おもしろ》くなさそうにそっぽを向いていた田宮が、不意に天を仰いだ。

つられて八雲も中路も、空を見上げた。

今日は雲ひとつない、晴天だ。それなのに確かに、田宮の言う通り天空から雨の雫《しずく》が振りかけられるように舞い散ってきていた。

「お天気雨だ」

中路が無邪気に頭上の掌を伸ばす。

雨宿りにどこか駆けこむというほどではない。ただ話の腰を折るのには充分なほどの雨だった。思わず中路を意識しそうになった八雲の気もすっかり逸《そ》れた。

霧雨というのでもない、ひとつひとつがしっかりとした雨粒だった。まだ真新しい朝陽《あさひ》の光を反射して、細かい宝石の粒が落ちてくるようにも見える。

乾燥した地面がすこしばかり湿ると、コンクリートだらけだと思われたキャンパスのあちこちから微かな土の匂いが漂ってきた。なんだか懐かしいような気分だ。八雲はようやく友達ができたというのに今更初めて、ホームシックを覚えかけた。

「田宮、はよー」

あっという間に、雨は止《や》んでしまった。

雨粒を受けた掌が乾かないうちに、最寄り駅に電車が着いたのだろう、正門から続々と生徒がやってくる。

「なかじー！　今日のレポートやってきた？　見せて！」

みんなラッシュの電車に揺られてきたのだろうけど、そんな疲れも見せずに田宮や中路の姿を見ると駆け寄ってくる。

どうやら二人は八雲と違って、ゼミの中でも中心人物のようだ。暮らしに慣れるので精一杯で、あまり周りが見えていなかったことに後悔しながら八雲はベンチを立ち上がった。

「やくもん、どこ行くの？」

その場を離れようとした八雲に、田宮が首を傾《かし》げる。

「一限、一緒でしょ？　講堂一緒に行こうよ」

中路も、細い腕を伸ばして八雲の手を摑《つか》む。反射的に田宮の顔を仰ぐと、苦笑で応《こた》えられた。

「あー、また中路が新しい子ナンパしてる！」

「そーなの、橘八雲くんだって」

「やくもんだよ、やくもん」

「何そのゆるキャラっぽいネーミングセンス！」

中路の腕に引かれてベンチを離れると、あっという間に周りが取り囲まれて、笑顔でいっぱいになった。

次々と降り注いでくる自己紹介の挨拶《あいさつ》に八雲が目を白黒させていると田宮がそれを乱暴に順序立ててくれる。とはいえ、田宮が勝手につけたあだ名で呼ぶことは躊躇《ためら》われたけど。

気付くと八雲はみんなと同じように笑っていて、その日の講義中も教授の話に集中できないくらい、ふわふわとした気持ちだった。

地元では家柄のこともあってあまり同年代の同級生と馴染《なじ》めなかった八雲が、大学では楽しくやっている旨をその日の内に電話で伝えると両親も喜んでくれた。

「だからって悪い友達について行ったりしちゃ駄目よ？　危ないところには絶対に近付かないこと！　わかったわね？」

――という、母親の念押しは小さい頃から変わらないけど。

確かに都会には悪い誘惑もたくさんあるんだろうけど、田宮と小路の周りの健全な交友関係を見ているととてもそんなものに縁があるとは思えない。

それに東京には、田舎で言うような危ないところ――流れの急な川や、高い岩場もない。とは言えない油断しているわけではないけど。それはどこを歩いていても変わらないから、近付かないなんてこともできないし。

「八雲くん八雲くん！　今度の土曜日空いてる？」

講義の後で中路に呼び止められたのは、もうじき梅雨入りを宣言しそうな空模様のある日のことだった。

「土曜日？　……特に予定はないですけど」

久しぶりに雲が切れて晴れになる予報が出ていたから、布団を干そうと思っていた程度のことだ。いくら布団乾燥機があるといってもお日様の威力には敵わない。東京は空気が汚れているから外には干さないという人もいるらしいけど、八雲はそれでもお日様にあてたお布団で気持ちよく眠りたい派だった。

でもそれも、友達からの誘いを蹴《け》ってまで遂行したいというものじゃない。

「バーベキューしに行こうよ！　みんなで！」

中路を中心に、八雲がよく話すような顔ぶれが集まっている。既に誰《だれ》が何を持ち寄るかという分担決めも始まっているようだ。

「やくもんは、おやつ担当だから！」

「ちょっと、まだ八雲くんオッケーしてないし！」

中路の背後で田宮が勝手に八雲の分担を決めている。それを慌てて止める中路の姿に噴き出しながら、八雲は一も二もなく、肯いた。


友達とバーベキューに行くのは初めてだと告白すると、中路や田宮はもはや八雲の初体験には慣れたもので「知ってる」と声を揃えた。

二人に出会ってから、八雲は初めての経験ばかりだ。

とはいえ、バーベキュー会場に選ばれた都下の河川敷に電車が近付くにつれ、それは懐かしい景色にも思えてきた。

「八雲くんの実家って、こんな感じなの？」

車窓の外を流れる緑の風景に目を輝かせた八雲に、中路が意外そうに声を上げる。

「僕の田舎は、もう少し山深いですけど。川ももっとゴツゴツした岩肌が目立って、薄暗い感じです」

「へーっ、じゃあやくもんにとってはこんな河川敷、ちょろすぎるって感じ？」

田宮の言葉に、八雲は慌てて首を振った。

実家の周りがどんなに険しくても、それを飛び回って遊んでいたのじゃなければ意味はない。ましてバーベキューなんて経験もなければ、八雲が足を引っ張ってしまいそうで今から緊張しているというのに。

「ちょろいって、何を攻略してきたのよ。田宮」

中路から小突かれて、田宮が笑い声を漏らす。

田宮も田舎の出身だというけど、首都圏の主要都市から少し外れたくらいのものだ。こなれた外見にふさわしく都会的な面もあるし、繁華街で育ったわけではないから自然に馴染む力もある。

田宮はどこででも生きていけそうな器用さがあって、八雲は憧《あこが》れた。

「あ、攻略といえばさ」

今回のバーベキューの発案者だという一人がボックスシートから声を上げた。

「バーベキュー場の近くに、あるらしいよ。……心霊スポット」

それぞれ、思い思いに日帰りの旅を楽しんでいたメンバーの視線が集中する。

八雲もにわかに緊張した。

怪談。それは、八雲にとってあまり愉快ではない記憶を呼び起こさせるものだったから。

田宮たちは橘家のことも知らないし、八雲が代々伝わる怪談話をたくさん持っていると言っても翌日から話してくれなくなるなんてことはないだろうけど。

「ちょっと、やくもんビビりすぎでしょ」

自分こそ頬を引き攣《つ》らせた田宮が、硬直した八雲を突つく。

「心霊スポットって？　どんな？」

身を乗り出して口を開いたのは、中路だった。

「うーん、あたしもよくは知らないんだけど。川の近くに神社があって、そこに出るらしいんだよね」

「川に神社って珍しくない？」

「水子？　土左衛門《どざえもん》とか？」

それぞれが口々に興味本位ではしゃぐ中、八雲と、隣に座った田宮だけは硬く押し黙ったままでいた。

八雲は、自分の家に伝わる怪談話しか知らない。

どうやらその手の話は世の中にはたくさんあるらしく、その先の車中では八人ほどのメンバーの口から次々と怖い話の類《たぐい》が語られることになった。

もし自分に振られたらどうしよう、と思うと八雲は自然と身を竦め、電車のシートに埋まるように小さくなった。その隣で、田宮もじっと硬直している。

「やくもん」

目が合うと、何やら力強く肯かれた。

別に自分は怖い話が苦手なわけじゃないんだけど、とは言い出せず、八雲は黙って肯き返した。


バーベキュー場は鉄板もかまども既に用意されていて、材料をただ切って焼くだけ、という単純なものだった。

飲み食いしたものを川に捨てるなということだけはスタッフに何度も厳重に注意されて、何人かは少し辟易《へきえき》していたけど、親睦《しんぼく》を兼ねたバーベキュー大会は実に盛り上がった。

梅雨の合間ということもあって、バーベキュー場には八雲たちの他に客もいなかった。騒ぎ放題じゃんと言っても誰も羽目を外しすぎるところがないのが、このグループの居心地のいいところだ。

大学構内で酒盛りをしてみっともない姿を晒《さら》すような学生もいるけど、もしこの中の誰かがそんなことをしたら田宮が真剣に叱《しか》ってくれるだろうという安心感もある。

「ねえねえ、電車の中で言ってた神社って、あれじゃない？」

肉ばっかり先に食べ尽くしてしまった後で、残った野菜を食べるものやただのジュースで酔っ払ったように歌いだすもの、持参したボールで遊ぶものがいる中、突然誰かが言いだした。

ボールを打っていた田宮の背中が強張《こわば》る。

田宮は高校までバレーボールをやっていたらしく、高い打点は足場の悪い河川敷でも目を瞠《みは》るばかりだったけど、その時ばかりはものの見事に空振りをした。

「えっ、どれどれ？」

田宮の空振りを笑いもせず、中路が食いつく。

ボールが、乾いた音を立てて砂利の上を転がった。うっかり川に落ちそうになったのを、八雲が慌てて止めに走る。

一人が指さした先に、鬱蒼《うっそう》とした茂みがあった。

最寄り駅から河川敷につながる開けた土手の方向とは真逆にある、背の高い葦《あし》に囲まれた中に、赤いものが見え隠れしていた。鳥居だ。

「うわ、マジだ」

「えっちょっと見に行ってみない？」

手に持っていた玉ねぎ串を皿の上に置いて、中路が跳ねるように椅子《いす》を立ち上がった。

「ちょ……っおい、あぶねーって」

咄嗟に田宮が腕を伸ばすが、中路に届く距離じゃない。

道中でも怖い話にひときわ食いつきの良かった女性メンバー三人が神社探検隊を結成していく。

「中路！」

「何よ～危ないって言っても、別に川の中にあるわけでもないし、平気だって」

完全に及び腰になっている田宮にひらりと手を振って、中路はスキップでもしかねない勢いだ。

田宮がちらりと、八雲を見た。

助け舟を求められているのだろうか。

「あの、……地域の方が大事にしてる祠《ほこら》にはむやみに近付かないほうがいいと思う、けど」

田宮に促されたからというわけではないが、八雲は拾ってきたボールをぎゅっと摑んで思い切って声を上げた。

この世は、人間が住んでいる世界だけがすべてじゃない。

祖母から聞かされる怪談話にはいつもそんな教訓がついて回っていた。

普段は目に見えていなくても、人間とは違う何かが確かに同じ世界に住んでいて、それらは互いに干渉しあわなければ共存していられる。

だけど他人の家に無断で入れば怒られるように、何者かの領域に勝手に足を踏み入れれば、それなりの代償は求められるだろう。

——だから、八雲は小さい頃から山や川で遊ばないようにと強く言いつけられていた。

「……！」

ぶるっと身の内を震えが走って、八雲は知らず、胸のポケットに入れたお守りに触れた。

山や川に近付いてはいけないなんて言われていたなんてこと自体、今の今までちっとも覚えてなかった。

急に胸がざわついて、さっきまで水面をキラキラと光らせていた穏やかな川が怖く思えてきた。

「神社にお参り行くだけだから～」

中路はそう言って、駆け足で鳥居に向かっていく。

雨風の凌《しの》げない河川敷にあって、その鳥居は少しも色褪せることなく血の滴るような朱色を保っている。しかし、その色ははっきりと見えるのに鳥居の向こうは暗がりになっていて、何も見えない。

まるで別の世界がぽっかりと口を開けているかのようだ。

「中路さん！」

「中路！　……ああっ、もう。やくもん、追っかけるぞ」

言い終える前に、八雲を振り返りもせず田宮が走りだす。中路はそれを振り返ると、ますます逃げるようにきゃーっと高い声を上げて鳥居に向かう足を早めた。

手に持っていたボールをかなぐり捨て、八雲も駆け寄る。

なんだか嫌な気分がする。

それがなんだかわからないけど、両親から山や川に近付くなとこっぴどく叱られたことがあるような気がするのに、それが全く思い出せないことが心に引っかかる。

今はそんなこと考えている場合じゃないかもしれない。でも、八雲はこの嫌な予感を以前にも経験したことがある気がする。

足の速い田宮には到底追いつけないけど、息を切らしながら八雲もその背中を必死で追った。

中路の姿が鳥居の中に消える。

田宮が舌打ちをひとつ零《こぼ》して、速度を上げた。

「中路！　葦の生えてる場所は湿地帯だから、足元気をつけて――」

そう言いながら全く自分の足元を顧みない田宮も、鳥居の中へ飛び込んでいく。

八雲もその後に続いた。

「！」

鳥居の中はポッカリと暗闇《くらやみ》になっていたように見えたけど、いざ潜ってみると中は案外狭かった。

「なーんだ、なんもないじゃん」

女性四人と田宮、八雲がはいるといっぱいになってしまうほどの、葦に囲まれた境内。

田宮が心配した足元には石畳が敷かれていて、奥に小さな祠が祀《まつ》られていた。

外から見てどうしてあんなに暗く見えていたのかと思うくらい空も開けていて、何の変哲もないこじんまりとした神社のようだ。

「どこが心霊スポットなの？」

「この神社で夜な夜な女性の泣き声がするとか、子供が神隠しにあったとか、本当に聞いたんだって～」

神隠し。

少し安堵《あんど》してあたりを見回していた八雲の耳にその単語が入ってくると、意識するよりも先にぎくりと体が強張った。

神隠しに遭ったことがある。

八雲が？　まさか。そんな記憶はない。

「……？」

なんだか、ここにきてから調子がおかしい。

胸がざわざわとして、落ち着かない。

八雲は中路たちの無事を確認すると神社から立ち去ろうとした。田宮もどこか気が抜けたように腕を組んで目を据わらせている。

「田宮くん、僕、先にあっちに……」

「ん、ああ。俺も行く。おい、中路！　もう気が済んだだろ。早く戻ってこねーとアイス食っちまうぞー」

女性から一斉に田宮に対するブーイングが上がった。

神社が予想外に明るく清潔で、期待外れだったのだろう。女性たちは祠にお参りをすることもせずあっけなく踵《きびす》を返した。走りだそうとする田宮を抑えて我先にクーラーボックスの元へ急ごうとする。

「わっ、ちょっと足摑むの反則！　危ないでしょ！」

その時、中路が声を上げた。

鳥居のそばで田宮を待っていた八雲が振り返ると、どこからともなく、ずるり、と濡《ぬ》れたものを引きずるような音が聞こえてきた。

それは八雲の心を舐《な》めるように不快な音だった。全身が粟立《あわだ》つ。

足を掴まれて振り返った中路の背後には、誰もいない。

「中路、……何言ってんの？」

前を走っていた三人が、怪訝《けげん》そうに中路を振り返る。反射的に、田宮も。

「え？　だって――……きゃあっ！」

呆然とした中路が、次の瞬間前のめりに倒れた。後ろから足を引かれたかのように。

「中路！」

駆けつけようとした田宮と、中路を支えようと咄嗟に手を伸ばした他の三人が、硬直する。

中路の足元から、ずるずると長い髪を伸ばした黒い影が這《は》い出てきたからだ。

「――……っ！」

一人の女子学生が言葉を失って、その場にへたり込む。

もう一人はなんとかその場から遠ざかろうとして四つん這いになって八雲の足元まで逃げてきた。

その影は、石畳の隙間《すきま》からわき出てくるように形をなして小さな子供ほどの背丈になった。

まるで海藻でも貼《は》り付けたように濡れた長い髪の間からギョロッと目が覗いていて、口には、唇というよりも嘴《くちばし》というのにふさわしい、尖《とが》ったものが付いている。

「お、っ……お化け、っ」

掠《かす》れた声で、中路が叫んだ。

その右足首を黒い影にしっかりと握られていて、掴まれた場所から中路の淡い色のチノパンがじっとり濡れている。

「――……、」

黒い影の嘴が開いて、何か囁《ささや》くような声を出した。

「え、……何？」

思わず八雲が聞き返そうとした時、田宮が動いた。

「てめえ、離せっ」

顔は蒼白なのに、恐怖心を振り払うような大きな声を上げて田宮が黒い影に飛びかかる。

「！　田宮くん、だめだっ」

わけもわからないまま咄嗟に制そうとした八雲の声はあまりに小さすぎて、田宮には聞こえなかったのかもしれない。あるいはもう、田宮の目には目の前の中路しか見えていないのか。

傍らで腰を抜かしている女子が、声を上げた八雲を怪訝そうに見上げている。

自分でも、なにがなんだかわからない。

でも、あの黒い影に悪意はないような気がする。

気付くと八雲は駆け出していた。

「中路、こっちだ！」

「田宮！」

中路の腕を引き、田宮が黒い影に体当たりをして引き剝《は》がそうとする。目を瞑《つぶ》って、田宮も必死なんだろう。でも。

「違う、中路さん！　謝って！　その子に」

八雲は黒い影に乱暴しようとする田宮に腕を伸ばしながら叫んだが、恐怖心も手伝って暴れるようになった田宮のどこをどう摑んでいいかわからない。

中路の足はまだ摑まれたまま、体当りしたのと同じだけの強い力で田宮が吹き飛ばされた。

「っ！」

石畳の上に吹き飛んだ田宮が、八雲の足にぶつかる。

「あやま……え、何で、やだ、やだぁっ！」

中路を祠へ連れ去ろうとするかのように黒い影が踵を返すと、中路が石畳を引っ搔《か》く。田宮がすぐに起き上がって、中路の腕を摑んだ。

自分の家に勝手にやって来た人が何もなかったつまらないと言ってひとしきり騒いで帰っていこうとしたら、誰だっていい気はしない。

八雲は粟立った肌が研ぎ澄まされていくような感覚を覚えながら、中路を捉《とら》えた黒い影に意識を集中させた。

不思議と、怖いという気持ちはわいてこない。

姿形や、生きている場所が違うだけだ。

彼らは、悪いものじゃない。

八雲の全身が、何故《なぜ》だかそう告げている。

「勝手に入ってきてごめんなさい！」

今度はしっかりと、声をはりあげた。

長い髪に覆われた彼らの耳にも届くように。そう言ってから、その場で深々と頭を下げる。

背後で震え上がっていた女子があっけにとられたように八雲を見ているのがわかる。これは、田舎でも感じた奇異なものを見る目だ。知っている。でも、今はそんなこと気にしていられない。

黒い影が、ゆっくりと八雲を振り返った。

「――――」

また、嘴が震えるように何か呟《つぶや》いた。妙に高い声で、うまく聞き取れない。

「え？　ごめんなさい、もう少しゆっくり――」

頭を上げて、八雲が聞き返した、その時。

生臭い突風とともに、中路の足を摑んでいた黒い影が勢いよく八雲に近付いてきた。

濡れた髪の間から覗くギョロリとした黄色っぽい目が、直《す》ぐ目の前にあった。

「オ前、喰《く》ッタラ美味《うま》イ？」

嘴がカチャカチャと乾いた音を立てて、はっきりと、そう言った。

「！」

ぞくり、と背筋を冷たいものが走った。

さっきまで感じなかった、黒い影からの悪意を感じる。

咄嗟に、身構える。

しかし水かきのついた濡れた腕に摑まれて、今度は八雲が引きずられる番だった。

「八雲！」

田宮が飛びかかってくる。

さっきあんなに止めてしまったのに、いざ自分が捕らわれそうになると田宮が頼もしく思える。でも小柄な八雲よりも更に小さい黒い影の力は意外なほど強く、田宮が摑みかかってきてもものともしない。

それどころか、何度も突き飛ばされた田宮の額から血が流れている。

「……っ田宮くん、！」

祠に引きずられながら田宮を振り返った八雲が思わずその名前を呼ぶ。

と、黒い影がゆらりと振り返った。

「タミヤ」

黒い影が八雲の言葉を復唱するように言ったかと思うと、地面に膝をついた田宮の四肢を、石畳の隙間からざわざわと這い出てきた黒い蔓《つる》のようなものが拘束する。

「！」

「ナカジ」

一度は黒い影から解放され、へたり込んでいた中路の手足にも。

「オ前ノ名前ハ？」

ぐるり、と首を回して黒い影がこちらを向く。

その声が笑っているようだ。表情なんて見えないのに。

「あ、……ぁ、みんなを離して、」

「名前。オ前ノ名前ト、引キ換エダ」

手足に絡みついた蔓は徐々に締め付けがきつくなっているようだ。中路が苦痛の声を上げた。

八雲は、喉《のど》が貼り付いたようになって言葉が出てこなくなった。

自分が名前を言えば、田宮や中路を逃してくれるのか。これ以上、痛い思いをさせないのか。

田宮が血の気のなくなった拳を震わせて、苦悶《くもん》の表情を伏せる。

田宮と中路は友達だ。たくさん楽しい思いを味わわせてくれた、大事な友達だ。

「……っ、僕の、名前」

八雲が名前さえ告げればみんな助けてくれるというなら。

八雲は服の上からそっと胸を摑んだ。急に息苦しくなって、声が出しにくい。でも、守らなきゃ。

みんなを。

「僕は、──」

八雲が顔を上げて、黒い影を見据えた、その時。

『──応えてはなりません』

どこからともなく、優しい、心がふっと軽くなるようなあたたかい声が聞こえた。

『そんな下賤《げせん》のものに、貴方《あなた》様の名前を告げることはありません』

この声が、どこからするのか知れない。

思わず空を仰いでも、まるでこの小さな神社の中で起こっていることなど知らないかのように空は晴天だ。

この声は八雲にしか聞こえていないのか、石畳に縛り付けられた中路と田宮は顔を苦痛に歪《ゆが》めている。

「……っで、でも……二人が！」

どこに向かって話せばいいかわからないままあたりを見回して八雲が言うと、小さな境内を囲んでいる石灯籠《とうろう》に突然、火が灯《とも》った。

「?!」

黒い影が狼狽《うろた》えて、八雲を摑んでいた手を緩める。

すると、八雲は何かの強い力に引き寄せられるように影から離れた。だけど、倒れこんだりしない。

何か、あたたかいものに支えられているように感じた。

『どうか私にお任せ下さい』

耳のそばで、甘い声がする。

驚いて八雲が目を瞬かせても、境内には黒い影と自分の同級生の姿しかない。しかし、石灯籠に灯った火は煌々《こうこう》と燃えさかって赤い舌を覗かせている。

「任せろ、……って言ったって……」

バキンと石畳が割れる音がして、腕を皸《ひび》の間に食い込ませた田宮が悲鳴にも似た声を上げた。

八雲は息を吞《の》んで、誰かもわからない、何者かもしれない「声」に縋《すが》り付いた。

「どうしたらいいの?!　助けてよ！」

どうしてだか、近くにいる声の主が、微笑んだような気がした。

八雲の胸があっと熱くなる。まるで自分の体にも火を点《つ》けられたように感じて、八雲が慌てて胸のポケットをひっくり返した。ぽとり、と石畳にお守りが落ちる。母から預かった、大事なお守りだ。

黒い影の手が伸びてくる前に、八雲はしゃがみこんでそれを摑んだ。

きっと八雲を守ってくれるから——と母は言った。

だからきっと、このお守りが声の主だ。

『私の名前をお呼びください。どうか、貴方様のその愛らしい声で。――もう一度』

名前？

名前なんて知らない。

お守りに書いてあるのかと思ったけど、ひっくり返しても空に透かしても読み取れそうな文字はない。

でも、声の主は「もう一度」と言った。じゃあ、八雲が知っている名前なんだろう。

八雲は焼けつくように熱くなったお守りを両手で胸に抱いて、目を閉じた。

「ハハハ、思イ出ス前ニ喰ッテシマウゾ！」

黒い影が、背後から襲いかかってくるのがわかる。でも何故か、八雲の心は落ち着いていた。

もしかしたらこの川辺の匂《にお》いが田舎の空気と似ているからかもしれない。目を瞑ってしまえば、大差なく感じる。

そういえば、八雲も昔こんなふうに楽しく川遊びをしたことがあったような気がする。いつだったのか、誰と一緒だったのかは思い出せないけど――。

「……炯《けい》？」

混濁した記憶に差した木漏れ日のように、ひとつの名前が閃《ひらめ》いた。

その名前を口にした八雲が眼《め》を開くと、そこには銀色の髪をした切れ長の眼の青年が突然姿を現して、跪《ひざまず》いていた。

彼自身からざあっと強い風が吹く。

八雲はそれに頬を撫でられる程度だったのに、背後に迫ってきていた黒い影は蛙《かえる》の潰れるような声を上げて吹き飛んでしまった。

「再びこの姿を貴方様の目前に晒すことができて、光栄です。――八雲様」

さっきまで聞こえていたものと同じ甘い声で囁くように言ったその青年は、深く頭《こうべ》を垂れて――八雲の足元に、口《くち》吻《づ》けた。

「……っ?!　え、……えっ、何」

びっくりして、思わず身を引く。

突然どこからともなく姿を現したこともわけがわからなければ、八雲のことを知っている様子で、しかも足の甲に唇をつけるなんてどうかしている。

何からどう不思議がっていいのかもわからないまま、八雲はしばらく言葉をなくして口をパクパクと開閉させた。

「すっかり大きくなられて……。もう二度と、このお姿を直接拝見することはできないものとばかり」

口吻けた足を引かれて顔を上げた青年は、双眸《そうぼう》を細めてどこか恍惚《こうこつ》とした様子で八雲を見上げる。

その肌は陶器のように艶《つや》やかで白く。まるで血の気が通っていないようだ。その表面にそっと剃刀《かみそり》を押し当てて裂けてできたような切れ長の眼の中には、美しい顔にひときわよく映える赤い瞳が光っていた。

何よりその銀色の髪と、同じように光沢のある白い着物姿が、とてもこの世のものとは思えない凄《せい》艶《えん》な美しさを醸し出していた。

「え、あ、あの……えっと、け、炯？」

「はい」

和紙を重ねるかのような、やわらかな声。

八雲がその名前を何故か知っていたことも不思議だけど——この声を懐かしいと感じるのも、不思議だ。

「僕は炯と……以前も、会ったことが、あるの？」

ふと、炯の瞳が揺れた。

まるで風前に置かれた灯火《ともしび》が消えかかるかのように。

「覚えていらっしゃらなくても無理はありません。……ただ、私はずっと貴方様のお傍におりました。それだけは、どうか」

縋るような声をか細くさせた炯がそう言って再び顔を伏せようとした時、一度は祠に打ち付けられた黒い影が、獣のような唸《うな》り声を上げて八雲の背後で身を起こした。

「！」

さっきまでとは比べ物にならないくらい禍々《まがまが》しい雰囲気を感じ取って八雲が振り返ると、立ち上がった炯がその肩をそっと押さえる。大きくて、優しい手だった。

やっぱりこの人を知っている。

顔を見ても、名前も、霞《かすみ》がかかったかのように記憶の中から見つけ出せないけど。

「八雲様。少しの間、目を閉じておいでになってください。すぐにあのものを始末いたします」

炯の様子は特に荒ぶったところもなく、好戦的なようにも見えない。しかし八雲の脇《わき》を通りすぎて祠に対峙《たいじ》した炯の姿を見ると、それだけで黒い影が空気を振動させて怯《おび》えているのがわかった。

「キ、……貴様ッ！　白狐《びゃっこ》カッ！　何故白狐ガ、ソンナ餓鬼ナンカニ憑イテルンダ……ッ?!」

狐？

八雲が目を瞠って祠の後ろ姿を振り返ると、その姿に狐の尻尾《しっぽ》も、耳も見えない。ただ、その優しかった手の先から鋭い爪《つめ》が伸びていくのは見えた。

「そんな坊主、だなどとお前のような河童《かっぱ》風情に言われる筋合いはない」

背中から聞こえてきた地を這うような低い声も、とてもさっきまでと同じ人物のものとは思えなかった。

守られているはずの八雲でさえ全身の毛が逆立つようだし、中路に至っては痛みのせいもあってか、すっかり気絶してしまっている。

「！　田宮くん、大丈夫？」

我に返った八雲が弾《はじ》かれたように二人のもとに駆けつけると、田宮は呆然とした顔で、祠を見ていた。

「やくもん、何……あれ。あれも、お化け……かなんか？　だよな。突然現れたし……」

田宮の腕に絡みついた蔓は、まだびくともしない。八雲はそれを力任せに引っ張りながら、ぎゅっと目を瞑った。

「……わからない。僕にも、よくわからないんだ」

八雲はそう答えることしかできなかった。

だけどあの黒い影の正体を、八雲は知っていたような気がする。どうしてだかわからないけど。何か大切なことを忘れていて、それで中路や田宮を傷つけてしまったような気がする。

こんな危険な目に遭わせて、もう友達として気安く話すことはできなくなるかもしれない。地元での同級生と同じように、邪険にはされないけどどこかよそよそしいような、そんな関係になってしまうだろう。

「私の主《あるじ》を取って喰おうなど、身の程をわきまえろ、この外道」

背後で、大きな悲鳴と何か液体の飛び散るような音がした。

すると田宮や中路を拘束していた蔓も自然と解けて、ただの枯れた葦になった。

八雲はその場に尻餅《しりもち》をついて両手に葦を握りしめながら、気絶している中路以外からの訝《いぶか》しむような視線に黙って顔を伏せているしかなかった。

「おはよう、八雲くん！」

翌朝、中路の明るい声に呼び止められて八雲は目を瞬かせた。

あんなことがあった翌日もいつも通り通学するしかできなくて、八雲は朝のラッシュ前の電車に飛び乗った。

だけど、もう中路たちと話すことはできないかと思っていたのに。

「お、……おは、よ、う」

おそるおそる振り返ると、田宮も欠伸《あくび》をしながら中路の隣に立っている。

「あれ～？　元気ないじゃん。八雲くんも寝不足？　やっぱねー。昨日、帰り遅くなっちゃってごめんね？」

ぎくり、と八雲は肩を強張らせた。

昨日、とにかく命からがらあの神社を出た後のことはよく覚えていない。気が付いたら八雲は自分の部屋のベッドの上だった。

「ホントだよ、お前オレンジジジュースでなんであんな酔っぱらいみたいにはしゃげんだよ」

「脳内麻薬脳内麻薬！」

次々と他の学生たちも顔を覗かせる中で、バーベキューで一緒だったメンバーも元気な声を上げて講義室にやってきた。昨日腰を抜かしていた女子も。

「やばいよー！　昨日食べ過ぎて、帰ったら三キロ太ってた！」

手を叩いて笑いながら、バーベキューの思い出を話している。

まるで何事もなかったかのように。

あれは八雲の夢だったのだろうか。バーベキューは確かに行ったはずだけど、八雲の記憶だけが違う。

八雲は眠そうに目を擦《こす》っている田宮を見た。

その頬に大きな絆創膏《ばんそうこう》が目立つ。昨日、何度も神社の石畳に跳ね飛ばされたせいでできた傷だ。

「田宮くん、その傷――……」

「田宮の河川敷スライディングまじうけたよねー！　顔擦りむいたりして、小学生かっ！」

田宮の頬に手を伸ばそうとした八雲の背中を、中路が叩いた。その腕にも擦り傷が残っている。

八雲は混乱した。

もしこれが八雲の夢でしかないというなら、どこからどこまでが夢なのかわからない。

電車で怪談話に花を咲かせたのは現実だろうか。川辺に本当に神社はあったのか、そこにみんなで行ったのか？　八雲は田宮のスライディングなんて見ていない。その間、八雲はどこにいて何をしていたのだろう。

さっぱりわからない。思い出せない。

「え……っと、あのさ、みんな――」

緊張に呼吸を浅くさせながらおそるおそる八雲が切り出そうとした時。

「御学友の記憶は操作させて頂きました」

耳元で、声がした。

「！」

あたりを見回す。見知った顔の同級生以外誰もいない。

だけど今の声は確かに、炯だった。

しっとりと濡れた大人の男性の、優しい声。昨日聞いたばかりの。

「八雲様、こちらに」

きょろきょろと周囲を窺《うかが》った八雲のすぐ近くで、もう一度声が聞こえた。

まさかと思いながら、そろそろと視線を下げる。

声は、すぐ近くでする。講義室内のどこかでするでもなく、隣でも背後でも正面でもない。八雲の体に寄り添うかのように近くから聞こえる。

ぎこちなく首を下げた八雲の視線に、見慣れないものが過《よ》ぎった。

八雲の着ているシャツの上を走っている。黄色がかった、ほとんど白に近い毛並みの——小さな狐だ。

「！！！！！！！！！！」

声にならない悲鳴を上げた八雲を、その場の生徒がみんな振り返る。

八雲は慌てて、その普通じゃないくらい小さい狐を掌に隠した。

「やくもん、どうした？」

「八雲くん？」

田宮と中路が心配そうに顔を覗きこんでくる。

こんなこと、言えるはずがない。

マッチ箱くらいの大きさの狐が、手の中にいるなんて。八雲の頭がどうかしたかと思われるだろう。

だけど確かに今八雲の手の中に豊かな毛並みをした狐がいて、急に手の中に閉じ込められてゆっくりと身動《みじろ》いでいる。ちょっと、擽ったいくらいだ。

「大丈夫ですよ、私の姿は他の人間には見えません」

やっぱり、手の中から声がする。

血の気が引いてきて、目眩《めまい》がしそうだ。

他の人間に見えないなら、もっとたちが悪い。

「あ、あ――……あの、僕、トイレ」

鞄《かばん》をその場に置いたまま、八雲は席を立ち上がった。

「？　顔色悪いけど、大丈夫？」

心配そうに首を傾げた中路に八雲はこくこくと何度も肯き返して、逃げ出すように講義室を飛び出した。

講義室に向かう生徒に逆流し、なるべく人気のないサークル棟の方へ向かう。

手近にあった空き部屋に身を滑り込ませると、そこで八雲はぴたりと合わせた掌をようやくおそるおそる開いてみた。

そこには、やっぱり小さな狐がいた。

太い尻尾を丸めて、寛《くつろ》いでいるようにさえ見える。

「炯、……なの？」

掌の隙間から狐を覗き込みながら、八雲は自然と声を潜めた。

他の人には見えないというなら、何もない手の中に話しかけている自分の姿はさぞかし滑稽《こっけい》に映ることだろう。

「はい」

するり、としなやかな肢体を起こして八雲に向き直った狐が、頭を垂れる。

その切れ長の眼は確かに、昨日神社で助けてくれた銀髪の青年を彷彿《ほうふつ》とさせた。

「貴方様の忠実なる下僕でございます」

「！」

下僕？

聞き慣れない言葉に驚いて、八雲は言葉を失った。

いったい、何がなんだかわからない。

昨日起こったことも、突然銀髪の青年が現れたことも、今日になったらみんながそれを覚えていないことも、何から何まで。

一番手っ取り早く納得しようと思えば、自分の頭がおかしくなったという結論になってしまう。

だけどどうしてもそうじゃないと思えるのは、掌に感じる柔らかな毛並みの感触が確かなことと――昔から祖母の怪談話を聞いていたおかげだ。

「け、……烔は、妖怪《ようかい》、なの」

重ねた掌を開くと、烔がひらりと八雲の手を離れた。足音もたてず、まるで花弁でも舞うかのように軽やかに近くの机の上に立つ。

「如何《いか》にも、妖《あや》かしの狐でございます。代々、橘家のご当主様にお仕えしてまいりました」

人間の言葉を喋《しゃべ》る手のひらサイズの小さな狐が、ふわりと頭を垂れる。その姿はなんとも恭しく、まるで夢のようにも見えた。

昔から、怪談話は聞いてきた。その中にはいわゆる幽霊や祟《たた》りのお話もあったけど、時には少しも怖くないコミカルな妖怪の話もあった。きっとまだ幼い八雲をあまり怖がらせまいとして祖母がたびたびそんな話を交えてくれたんだろうと思っていた。

でも代々仕えている妖怪がいるなんて、一回も聞いたことがない。

「……っていうか、僕、まだ当主じゃないし！」

橘家の当主は、八雲の父親だ。

炯が代々当主に仕えるというなら、今頃父親についていなくてはいけないんじゃないのか。まさか田舎の父親に何かあったわけじゃないだろう。そう考えて、八雲はハッと胸のポケットのお守りに手をあてた。

八雲が母からこれを託されたことで、炯は八雲を守ってくれていたということなのだろうか。

「あの方には妖かしの姿が見えません」

八雲の考えを見透かすような透き通った眼で仰いで、炯が言った。

「現在の当主だけではありません、もう何代も——私の姿が見えるご当主様は、おいでになりませんでした」

人間とは違って、狐の表情から気持ちを読み取ることは難しい。でも、八雲には炯が寂しそうに表情を曇らせたように感じた。

炯の立つ机の前の椅子に、腰を下ろす。炯が尻尾を揺らして八雲に向き直った。

「八雲様。貴方様は、橘家の初代ご当主様によく似ておいでです」

「炯は、うちの初代当主からずっと、一緒にいるの？」

「はい」

今度は、炯の声が少し弾んだように聞こえた。

八雲は視線を合わせるために机に頬杖をつくと、思わず表情を綻《ほころ》ばせた。

昨日はあんな状況だったから緊張もしていたし怖かったけど、こうして炯と話していると不思議と落ち着く。なんだか懐かしい気がするのは、遠く離れた村の空気を感じ取れるからだろうか。

「初代ご当主様に命を助けて頂いて以来、妖かしとなってずっとお仕えしております」

「そっか」

ずっと炯を使役していたから、村で怪奇現象があるたびに橘家は活躍していたのかもしれない。それで自然と、怪談話も豊富になったのか。

昨日の神社での炯の頼もしい姿を思い出すと、恐ろしく感じるくらい、圧倒的な強さも感じた。

「そういえば昨日の黒い影って、河童だったんだね。あの川を守ってくれてたんじゃないの？」

河童は水の神様のお使いだと聞いたことがある。

それにしては昨日の姿がおどろおどろしかったし、甲羅が着いていたかどうかも思い出せないくらい真っ黒かった。妖怪の姿を目の当たりにしたのはあれが初めてだったけど、想像していた河童と違う。あんなものなのかもしれないけど。

「八雲様もおわかりかと思いますが、あの河童は既に道を外しておりました。自分の棲《す》まう川を汚す人間に対する復讐《ふくしゅう》に取り憑かれてあのような醜悪な姿に……」

嘆かわしいとでも言いたげに炯が首を振ると、鼻先のヒゲが揺れた。

ちょっとそれをつついてみたい衝動に駆られながら、八雲は居住まいを正した。

「やっぱりそうなんだ。じゃあやっぱり、悪いのは人間だよね」

河川敷にバーベキュー場を作って川を汚したせいで自分の体があんなに真っ黒に汚れてしまったら、八雲が河童だとしても怒るだろう。

「とは言え、八雲様やその御学友を傷つけることはこの私が、」

「それはそうなんだけど」

あの時、八雲にその力があったらやっぱり河童を攻撃していたかもしれない。

痛みに喘《あえ》ぐ中路や田宮の姿を思い出すと、今でもぞっとするほど恐ろしい。

「――……八雲様のご命令を待たず、早まった真似《まね》を致しました。お許し下さい」

前肢《まえあし》を折って炯が深く頭を落とす。

「……っ！　ううん、そういう意味じゃないよ！　ごめん、炯がいてくれて、すごく助かったんだから！　謝ったりしないで」

慌てて八雲がその頭を上げさせようと、指先で胸の白い毛に触れた。やっぱりふわふわとして柔らかい。

「助かった……？」

おずおずと顔を上げた炯が、細い目を瞬かせる。

八雲は、身を屈《かが》めて炯に視線を合わせると大きく肯いた。

「うん！　炯がいてくれたから僕の大事な友達を助けられたし、僕も少しも怖くなかったよ。それに、みんなの記憶から怖い思い出を消してくれたのも炯なんでしょう？」

あっけにとられたように動きを止めていた炯が、鼻先を上下させて肯く。

八雲はもう一度指先を伸ばして、炯の背筋をそっと撫でた。太い尻尾が、机の上で微かに揺れる。カーテンの隙間から微かに差し込んでくる光に反射して、その毛並みがキラキラと光った。

「炯、本当にありがとう。いくら感謝しても足りないくらい。僕を助けてくれてありがとう」

八雲が笑いかけると、鋭い牙《きば》が覗く。その顔を仰いだ炯が息を呑んだようだった。

口が開いて、鋭い牙が覗く。自分でそれに気付いて、炯はすぐに取り繕うように一度顔を伏せてから、まるで眩《まぶ》しいものでも仰ぐかのように躊躇いがちに八雲を見上げた。

「……もったいないお言葉でございます」

やがて小さい声でそう言った炯がなんだか照れているように見えて、八雲は思わず噴き出すようにして笑ってしまった。

妖怪なのに、昨日はあんなにかっこよくて強かったのに、お礼を言われて照れてしまうなんて、おかしくて。

八雲が声もなく笑うと、炯はますますばつが悪そうに顔を伏せてしまった。

「ねえ、どうして今日はこんな姿なの？」

講義室に昨日のような和服姿の青年が現れたら、八雲の慌てようはあんなものでは済まなかったかもしれない。昨日の姿は他の人にも見えていたようだし。

とはいえ、普通の狐に比べて小さすぎる。

もっと大きな姿なら、その太い首に抱きついて顔を埋《うず》め、太陽の匂いを一杯嗅《か》ぐことができたのに
――。

「……？」

炯の背中を撫でていた手を止めて、八雲は首を傾げた。

実家の村で、狐に遭ったことなんてないはずだ。

山に行けば狸《たぬき》が出るとは聞いていたけど、山に遊びに行かない八雲はその姿を見たことがない。まして、八雲が両腕を巻きつけても足りないくらい大きな狐なんて、聞いたこともない。

それなのに、どうしてその感触を知っているような気がするんだろう。

もっとも、こんな小さい狐を見たのも生まれて初めてだけど。

「恥ずかしながら、長い間その護符の中で眠っていたため妖力が充分ではなく……昨日、御学友の記憶を消すのがやっとでして」

放っておけばまた前肢を折って頭を垂れてしまいそうな炯の背中を、慌ててとんとんと叩く。

昨日、河童に対峙した姿はそれは威風堂々としてかっこよかったけど、実はぎりぎりの状態で戦っていたのだろうか。なんだか申し訳なくなってくる。

「妖力って、……体力のようなもの？　どうしたら元に戻るの？」

八雲のためにそれを使い果たしてしまったというなら、何か力になりたい。

手を取るつもりで前肢を握って顔を覗き込むと、体勢を崩した炯が眼を白黒させる。といっても実際炯の眼は赤い色をしていて、よく透き通ったルビーのように見える。

「体力……とも少し違いますが、同様に時間が経てばある程度は回復するでしょう」

「でも、ずっとお守りの中にいたから妖力が充分じゃなかったんだよね？」

後ろ足だけでゆらゆらと立つ炯の前肢を離してあげると、八雲は胸ポケットのお守りを出した。

こんなに薄汚れたお守りだから力が溜《た》まらなかったんだろうか。毛羽立った紐を摘《つま》んで、八雲は顔を顰《しか》めた。

「ご安心下さい、これからは順調に力を蓄えられることでしょう」

「え、どうして？」

大事なお守りを掌に乗せた八雲が炯のどこか誇らしげな表情を振り向くと、細くつり上がった目をさらに細めて、炯が笑った。

「八雲様がいらっしゃいますから」

八雲は目を瞬かせた。

そんなこと言われても、八雲にできることなんて別になにもないのに。

まだ当主じゃないし、妖怪のことだって祖母からなんとなく夏の風物詩として聞いていただけで知識もない。

ただ炯の姿が見える、というだけだ。

「八雲様が私の存在を認識して下さり、名前を呼んでいただく。それだけで私は力を蓄えることができるのです。我々妖かしにとって名は命よりも大切なもの。八雲様が私の名を呼んで下さるからこそ、私は今ここにこうして姿をお見せできるのです」

炯は本当に嬉しそうで、誇らしそうだった。

橘家の当主でも炯の姿が見えない人も多いと言っていたから、名前を呼ばれたのも本当に久しぶりなのかもしれない。もしかしたら、何百年という単位で。

自分の存在を認識してくれない相手のことをお守りの中からそっと守り続けてきた炯は、どんなにか寂しかっただろう。

「炯」

八雲は今までよりもうんと慎重に、丁寧にその名前を呼んだ。

ぴくりと肉厚の耳が揺れて、弾かれるように炯が顔を上げる。

人間の言葉を喋る小さい狐なんて他の人に見えては困るんだけど、見せてあげたくなるくらいに可愛い。橘家を守ってくれているんだから、可愛いなんて言ったら失礼なのかもしれないけど。

「しかし、恐れながら八雲様。私の妖力が戻るまでの間、あまり危険な目に遭われませんようお願い致します」

思わず、喉の奥で「うっ」と声が漏れた。

まるで実家の両親のようだ。

しかしそんなこと炯が知るはずもない。表情を歪めた八雲の顔を、不思議そうに仰いでいる。

「うん、……なるべく気をつける。でも昨日みたいなことは、そうそう起こらないから！」

河童なんて見たの初めてだし。

安心させるように八雲が無理やり苦笑を浮かべると、炯が思案げに口を開いた。

「八雲様。そのことですが、昨日の河童について少々気になる点が――」

炯の神妙な声に、チャイムの音が重なる。

「！　大変だ、ゼミが始まっちゃう！」

八雲は講義室を抜けだして来たことを思い出して、反射的に立ち上がった。

ここから講義室までは、そう離れていない。走るのがあまり得意ではない八雲でも、五分とかからずに席まで戻ることができるだろう。

ずいぶん長いトイレだったねと笑われはしそうだけど。

「烔、ごめん、あの――」

周囲をむやみに見渡しても、適当なものは見つからない。鞄も講義室に置いてきてしまった。

仕方がない。

八雲はもう一度烔に詫《わ》びてから、その体をぎゅっと摑んだ。

「っ、八雲様」

声を上げる烔の体をそのまま、胸のポケットにねじ込む。

ちょっと窮屈かもしれないけど、烔はうまく体を滑らせて顔だけポケットから覗かせた。この姿も、他の人には見えないというなら安心だ。明日からは烔が入っておくためのゆったりしたポケットのついた服を着てくるようにしよう。

「走るけど、ちょっとの間だけだから。ごめんね、烔。我慢して」

烔が落ちてしまわないように胸ポケットを押さえると、八雲は夢中で走りだした。

「や、八雲様……我々は、地を駆けることもできますので……！」

ポケットで揺られながら声を震わせる烔の声も聞かないで。

「もしもし、お母さん？　おばあちゃんいる？　……あ、もう寝ちゃったか」

その晩、八雲は実家に電話をかけた。

東京に出てきてからもう二ヶ月。長いようで、あっという間だったような気もする。特に、中路や田宮たちと友達になってからは時の流れが早く感じた。

この二ヶ月間、一度も電話しなかったわけではないけど、電話をするたび母はもっと連絡してきなさいと心配事を口にする。

でも友達ができたんだと報告してからは、それも少し落ち着いてきたように思うけど。

今日は自分のとっている授業が終わってから、少し大学の図書館を覗いてみた。

入学当初、使い方だけは習ったけどまだあまり活用したことがなかった。

妖怪に関する本があったりしないだろうか、と期待したのだが――そんなオカルティックな本は置いてなかった。

もっとも、職員に聞いたわけじゃない。検索機にかけただけだ。でも検索結果ゼロ件の文字を見て、職員に直接聞かなくてよかったと思った。

書店でもそれらしい本は物色してみたけど、子供向けから大人向けまで、幻想的なものや都市伝説めいたものなど多岐に渡りすぎていて結局一冊も買わずに帰ってきてしまった。

となると、やはり八雲にとって馴染みが深いのは毎年祖母から聞かされる怪談話だ。

毎年漠然と聞いていて、あれが本当にあったことなのだとは思ってなかった。まして、あの怪談話に出てくる使役されている妖怪というのが狐だったなんて。それが狐の妖怪だったのかどうかさえ、八雲はよく覚えてない。

「なあに？　お義母《かあ》さんに電話だったの？」

「う……ん、おばあちゃんじゃなきゃ駄目ってわけでもないけど……」

父は今頃晩酌を始めていて、ほろ酔いだろう。

残るは母だけだ。母だって橘家に嫁いできてから二十年余り毎年怪談話を一緒に聞いてきたのだ。少しは覚えているだろう。

「ねえお母さん」

意を決して、八雲は携帯電話を握りしめながら背筋を伸ばした。

「おばあちゃんの毎年してくれる怪談話ってさ、……覚えてる？　あれって、本当にあったこと……なのかな」

「え？」

母のぽかんとした様子が目に浮かぶようだ。

気持ちはわかる。八雲だって、もし母が妖怪を見た、なんて言ってきたら一体どうしてしまったのかと心配になるだろう。

母の返事を待たず、八雲は続けた。

「突然変なことを言うかもしれないけど、……お母さんが僕に持たせてくれたお守り覚えてる？　あれの中から、烔っていう――」

「やめなさい！」

突然、鋭い声で母が怒鳴った。

驚いて、思わず携帯電話を見つめる。

今まで、母がこんなに声を荒らげて怒ることなんて一度もなかった。母の声じゃないのかと思うくらいだった。

「え、……お母さん？　あの……」

「八雲」

おそるおそる携帯電話に耳を戻すと、今度は低く押さえた母の声が震えている。

一体どうしてしまったのか、わからない。

急に喉がカラカラに乾いてきて、八雲は唾《つば》を飲み込んだ。

「妖怪だとかそんな、わけのわからない話をいつまでもして……あんなの、うちに代々伝わるお伽話《とぎ》みたいなものよ。そんなこと、本気にするんじゃありません」

「でもお母さん、実際に――」

「八雲」

母の声が、尋常じゃなく震えている。泣いているのかと思うほどだ。

どうしてそんなに取り乱しているのかわからない。

でも、祠の話をしてはいけないことだけはわかった。

お守りを持たせてくれたのは、母なのに。

「……わかったよ、お母さん。じゃあひとつだけ、教えて。僕に持たせてくれたお守りは、昔から伝わっているもの？」

母が電話の向こうで呼吸を落ち着かせている。

なんだか申し訳なくなってきた。

ただでさえも母は心配症なのに。

「そうよ。ずっとうちの神棚にあったものを、八雲に持たせなさいってお義母さんが……」

祖母もたいがい心配症だが、祠のことを知っていてお守りを八雲に持たせてくれたのか、それとももっと単純な神頼みなのかはわからない。

どちらにしろ、夏に帰省した時こっそり祖母に聞いてみるしかなさそうだ。

祖母からも同じような反応を返されたら困ってしまうけど。

「八雲、よく聞いて」

母がようやく落ち着いたようにしっかりとした声で、含めるように切り出した。

「そんな話をお友達にしたりしたらダメよ。あなたは昔からそういう空想家なところがあるから……またそんな話をしたら、周りの人から変な顔されるんですからね」

母が言いたいのは、八雲の小学生の頃の話だろう。

それは八雲もよくわかっている。

田宮や中路の記憶を祠が消してくれていなければ、今頃怯えられていただろうということもわかっていたし。

今回はただの怪談話じゃない。本物の、妖怪の姿を見られてしまったんだから。

「うん、……わかってるよ」

でも、祠はみんなを助けてくれたのに。

どうして隠さなければいけないんだろう。

母との通話を切った後、八雲はベッドに寝転がってお守りを取り出した。

講義の最中で、気付くと烔は姿を消していた。

どこに行ってしまったのかと周囲を見回していると中路に不審がられて、それ以上探すことはできなくなったけど。烔の姿は八雲にしか見えないんだから、他の人に探してもらうわけにもいかない。

もしかしたらお守りの中で休んでいるのかなとも思ったけど——それがどういうことなのかいまいちよくわからないけど——烔、と呼びかけてみても、叩いても揺すっても、烔は姿を見せなかった。

下僕だなんて言ったくせに。

聞きたいことが山ほどあるのに、話し相手にもなってくれないんだろうか。

それとも母の言う通り、今日のことも八雲のただの空想なのか。

「——……烔」

天井に向かって突き上げた手にお守りを揺らして呼びかけてみても、やはり烔からの返事はなかった。


本格的な梅雨の季節になった。

今年は入梅が遅くなったぶん、気温の上昇と相俟《あいま》って不快な時期が続くでしょうと天気予報で言っていた。

雨はあまり好きではないけど、初夏に芽を出してきた新緑がグングン伸びていくさまを見ているのは好きだ。

都心の小さなキャンパスの中では見られる緑も限られている。正門から見える範囲に少し、銀杏の木があるくらいだ。

田舎の村の山は今頃、これから来る夏の季節や収穫の秋に向けてぐっと力を貯めるように葉を濡らし、ぬかるんだ地面に根を這わせていることだろう。

八雲はお気に入りのベンチがしとしと雨に濡れているのを窓から見下ろした。

朝、大学に来ても朝食を食べる場所がなくなってしまった。

食堂はまだ開いていないし、自動販売機とテーブルが並んでいるだけのカフェテリアで過ごすしかない。

八雲は、さっき携帯電話に届いた中路からのメールを見た。

雨で電車に乗り遅れてしまったらしい。

約束をしているわけではないけど、いつも八雲が朝食を食べ終えないうちに田宮と中路が来て、それぞれの講義の時間まで他愛のない話をするのが日常になっていた。

でも、今日はそれもなさそうだ。

中路の明るい声がしないと構内にはまるで八雲の他には誰もいないように感じる。

そのうちたくさんの学生が眠い目を擦りながらキャンパスに溢《あふ》れかえるのだろうし、今だって自分の部屋で仕事をしている教授や、八雲と同じように早く来て研究をしている先輩方がいるのだろうけど。

少なくともこのカフェテリアはまだ静かで、八雲以外に人影はない。

八雲は焼きタラコを入れて握ってきたおにぎりに齧《かじ》り付きながら、窓の外から微かに聞こえる雨の音に耳を澄ませた。

「あれ～」

と、人が近付いてきた足音もなく突然声が飛び込んできた。

「誰かいる。誰？　おはよ～」

カフェテリアには八雲しかいない。八雲に話しかけているのだろう。

聞き慣れない男性の声に八雲が振り返ると、白衣を着た背の高い男子学生がこちらに歩み寄ってきていた。

焦げ茶色の髪をボサボサにして、顔色もあまり良くない。いかにも、研究のために徹夜していましたという感じだ。白衣を着ているところから見ても理工系の先輩だろう。

「お、おはようございます……」

思わず席を立ち上がった八雲を覗きこむように、男子学生は上体を大きく傾けた。背が高く痩身《そうしん》なせいか、異様なくらい体が曲がる。

「ご飯食べてた？　俺ね、乾《いぬい》ってゆーの。ハイ、君は？」

大きな手振りで自身と八雲の間に手を行き来させる。

なんだか、独特な空気のある人だ。八雲はたじろぎながら、おにぎりを置いて乾に向き直った。

「あっ、橘といいます。橘、八雲です。文学部の一年です」

「へ～、八雲くん」

名前を聞くと、乾は軽く仰《の》け反《ぞ》った。

体が妙にふらふらしているのは徹夜明けだからなのか、それとも背が高いからだろうか。

八雲だって乾の身長の一割でも分けてもらえたらいいのに。この身長と大きい眼鏡のせいで未《いま》だに時折高校生と間違えられてしまう。

「八雲くんさぁ、霊感とかある？」

「！」

突然近くなった乾の声にぎょっとして目を瞠ると、いつの間にか乾が直ぐ目の前まで距離を詰めてきていた。

距離が近い、という程度を超えている。八雲の眼鏡が乾の呼気で曇るくらいだ。

「えっ、あ、……あの、霊感、……ですか？」

反射的に後退《あとじさ》ってさっきまで座っていた椅子の足を鳴らすと、八雲は無意識に胸のポケットを握った。そうするだけで、気持ちが落ち着くような気がする。

「そ〜、霊感。人に見えないものが見えたり……とか」

まだ心臓が跳ねている。

でも、乾は一度八雲が後退するとそれ以上距離を詰めてくることはしなかった。

多分、悪気はないんだ。ちょっと変わった人だけど。

「霊感、は……ないと思います、けど」

幽霊の類は見たことがない。

いや、他人に見えないものという意味では、妖怪なら見たことある。でもそれが霊感といえるのかどうかはわからないし、そんなこと人に言うものじゃないと言った母親の低い声が耳に蘇《よみがえ》るようだ。

「うっそだ〜」

何がおかしいのか、ケラケラと笑って乾が上体を揺らす。

「あ、あの……乾先輩はそういう超常現象、みたいなことを研究してらっしゃる、んですか」

お葬式や土葬墓場で見かける人魂は人体から吐き出されたガスによるものだ、とかそういうことを研究している人もいるだろう。

それはそれで、興味がないこともない。

例えば妖怪については科学でどのように証明できるのかとか。

八雲が思わず乾に尋ね返すと、乾が一瞬目を瞬かせてからにたり、と笑った。頬が裂けたのかと思うくらい、大きな口だ。

「八雲くん、嘘《うそ》は良くない。嘘は君を汚してしまうよ？」

さっきまでと打って変わって急に低い声で言ったかと思うと、乾が乱暴に八雲の腕を引いた。

「っ、！」

突然のこととはいえ想像以上に強い力で引き寄せられ、八雲はバランスを崩して乾の腕の中に倒れこんだ。

「でもな～、しょうがない。人は生きてりゃ、汚れてしまうからね。人間なんて汚い汚い、汚い生き物だ。だからこれ以上汚くなる前に、食べてしまわないといけないよね～」

咄嗟に乾を突き飛ばして離れようと腕を突っ張る。

しかし細い腕に背中を押され、腰を抱え込まれて八雲は気付くと乾に担ぎ上げられていた。

「っ、ちょ……！　あの、離して下さい、っ！」

足をばたつかせる。

八雲の上げた大きな声がカフェテリアに響くが、他に人のやってくる気配はない。こんな時間じゃ警備員も回っていないだろう。

八雲はじっとりと掌に汗が滲《にじ》んでくるのを感じた。

「ん～、いいニオイ～」

軽々と八雲を肩に担いだ乾が、身を捩《よじ》って逃れようとする八雲の腰に頬擦りをするようにして言った。

ゾッとする。

一瞬言葉を失って、八雲は震え上がった。

「へ、……変質者、っ」

恐怖に引き絞られた喉からは妙に上擦った声しか出てこない。

しかし乾はそれよりも甲高い声で笑いながら、悠々と歩き出した。

このままカフェテリアにいれば、中路たちが間もなく着くかもしれないのに。移動したくない。

八雲はどこかに捕まって抵抗しようとしたが、背の高い乾の肩の上からでは机や椅子には手が届かない。壁や柱に摑まれればと思ったが、手をかけるところが見つからないし、乾もそれをわかっていて壁際を避けて行く。

「嫌だ、っ……離して、離してくださ……っ！」

どこに連れて行かれるのかもわからない。

八雲は目を瞑って、力の限り手足をばたつかせた。

「君が嘘なんかつくからいけないんだよ～？」

「嘘なんか、ついてません……っ」

霊感なんてない。

見えるのは、妖怪だけだ。

八雲は唇をかたく噤《つぐ》んで、胸の中で炯の名前を呼んだ。

人目についてはいけないかもしれない。でも、今頼れるのは炯しかいない。

お守りを握りしめようと手を伸ばすと、上体を乾の背中に逆さにされた八雲の胸ポケットからお守りが落ちた。

「っ！」

慌てて腕を伸ばす。乾の肩から落ちて、怪我をしても構わない。

身を乗り出して必死で腕を伸ばしたが、色褪せたお守りは八雲の手をすり抜け、音もなく床の上に落ちた。

「待って、……待って、お守りが、！」

「まあ嘘ついてなくても、俺は君を喰うけど～」

のんびりとした足取りでカフェテリアを出る乾に、八雲の声は聞こえていないようだ。

床にぽつんと取り残されたお守りが遠ざかっていく。

あれきり炯の姿は見ていないけど、それでもお守りを持っていればいつでも守られているんだという安心感があった。

どんな意図があったにせよ母が持たせてくれた、代々大切にされていたお守りでもあったし。

それなのに。

八雲は絶望的な気持ちで、伸ばした腕を乾の背中に落とした。

「ホントはお食事はカフェテリアでって思ったんだけどさ～、人が来たらメンドくさいし」

乾は鼻歌でも口遊《くちずさ》むような上機嫌で言いながら、薄暗い倉庫に八雲を運び入れた。

壁際にはダンボールが積まれ、やたらと埃《ほこり》っぽい部屋だ。

まるで荷物のように肩から降ろされた八雲は、そのダンボールを乾に投げつけようとした。しかし、思いの外《ほか》重くてびくともしない。

「っ、退《ど》いて下さい！」

とにかく、お守りを取りに戻らなきゃ。

入り口を塞《ふさ》ぐように立った乾に肩から体当たりをして無理やり押し抜けようとすると、大きな掌に押さえこまれた。

「離し……っ！」

肩を摑まれて、体を持ち上げられる。

片手で摑まれているだけなのに八雲の足が床から浮いて、まるで人形にでもなったかのようだ。

普通じゃない力だ。

八雲の背筋が冷たい汗でびっしょりと濡れ、呼吸が浅くなる。怖い。

「あ～、美味そ～」

目の前にぶら下げた八雲の胸に鼻先を押し付けて、乾が唸るような声を上げた。

息が荒い。

まるで、獣のような息だ。

恐怖におののきながらおそるおそる八雲が視線を下げると、乾の顔が尋常ではない顔つきに変貌《へんぼう》しつつあった。

「ひ、っ……！」

思わず、悲鳴が漏れてしまう。

さっきまでは顔色こそ悪くても確かに人間のそれだった乾の顔は鼻先が長く前に突き出し、大きく口が裂け、長い舌がそこからはみ出ていた。

涎《よだれ》を垂らした口元には鋭い牙が覗き、目も眦《まなじり》が深くなっている。

まるで、犬だ。

ドッドッと強く打ち付けるように、胸の鼓動が早くなる。

その心臓の在処《ありか》を探るように乾が鼻先を擦りつけてくる。シャツが、あっという間に涎でベトベトになった。

「怖い？　俺のこと、怖がってるね～。心臓がぎゅうぎゅう苦しそうに動いてて、すっごく美味そう～」

べろりと大きく舌なめずりをした乾が、急に八雲の体を突き飛ばした。

「っっ……！」

ところどころ剝げかけたタイルの上に体を投げ捨てられ、八雲は顔を顰めた。

埃が舞い、ダンボールの山にしたたか背中をぶつける。

今まで怪我をしないようにと過保護にされてきたおかげで、感じたことのない痛みが八雲を襲う。

体は恐怖に竦んで、思うように動かない。もし自由に動いたとしてもどうすればこの場から逃れられるのか、わからない。

「橘八雲くん、君、ほんと美味《おい》しそうだな〜」

乾が床に両腕をついて、四つん這いになった。

グググ、と喉の奥を震わせるような唸り声を上げたかと思うと、白衣から覗いていた肌が毛深くなってくる。まさしく、犬そのものだ。

「よ……妖怪、なの」

体を引き、ダンボールの壁に背中をぴたりと押し付けるようにしてかろうじて距離を広げる。

乾の白衣の裾から尻尾が覗いて、ぶるん、と振れた。

「え？　何、今まで気付いてなかったの？　うわ〜、ありえね〜」

じりじり、と乾が四足で近付いてくる。

八雲が壁沿いに逃げようとすると、俊敏な動きで回りこまれた。

「こんな美味そうなニオイさせといて、何も知らないわけじゃないんでしょ？」

クンクン、と鼻を鳴らしながら乾が八雲の体を足元から這い上ってくる。

その鼻先を蹴りつけてやろうと足を夢中でバタつかせると、鋭い爪のついた前肢で押さえこまれた。

「美味そう、――って……」

八雲は思わず、自分の腕に鼻を寄せて匂いを嗅いでみた。自分ではわからない。

そういえば河童も八雲のことを喰う、とか言っていた。

急にあの冷たい腕に摑まれた時のことを思い出して、八雲は体の震えが抑えられなくなった。

妖怪は人間の臓物を引きずり出して喰うとか、そういえば祖母の怪談話でも聞いたような気がする。

だけど、河童ならいざしらず、乾の生活領域を八雲が侵したわけでもないのに。

「なん、……っ何で、僕が喰われなきゃいけないんですかっ……！」

八雲の靴を剝ぎ取り、その足首に赤黒い舌を伸ばしかけた乾が、ぴくりと手を止めた。

毛並みの悪い髪の毛と同化した大きな耳を震わせて、乾が顔を上げる。その顔には思いがけず人間らしい表情もあって、不可思議そうな顔で涙ぐんだ八雲を見上げている。

「はぁ？　君、気付いてないの？」

とにかく、乾が動きを止めてくれて助かった。

八雲は浅く呼吸を往復させながら、何とか話が長引くように平静を装った。

「な、何が、ですか」

ぬるり、と舐めるような乾の視線が八雲の肢体を這った。

「自分が、他の人間と違うこと」

「?!」

心が、ざわっと波立つのがわかった。

橘はみんなとは違う、と言われたことが過去にもあった。小学生の頃、同級生にだ。

自分にだけどこかよそよそしいクラスメイトにどうしてかと尋ねると、橘はみんなとは違うからと、それだけ言われた。

教師も同じだった。

近所の大人はみんな八雲には優しかったけど、自分の子供を八雲と遊ばせようとはしなかった。

ある時、村の子供の帰宅が遅くなって大騒ぎになった時、真っ先にその子の両親が八雲の家にやってきた。

うちの子を神隠しに遭わせたんじゃないかと、そう言っていた。

今にして思えば、それは橘家が烔を飼っていたからなのかもしれない。

「ぼ、——……僕が、橘家の子供、だから……ですか」

乾が八雲を睨め上げる目を眇《すが》めた。

「ん～？　いや、知らないけど。君を喰えば、ちょー強い妖力が手に入る、って感じ」

乾の長い舌が伸びてきて、ベロリ、と八雲の足首を舐め上げた。

「っ……！」

全身が、怖気《おじけ》立つ。

乾の舌はぬるぬるとして涎に濡れて、妙にべたついている。

喰われるって、どういうことだろうか。肌を食い破られてしまうのか、それとも頭からバリバリと食べられるのか。

八雲は無意識のうちに祈るように両手を組んで、ぎゅっと目を瞑った。

怖くて、もうほとんど呼吸ができない。

いっそこのまま気を失ってしまえたら痛い思いをせずに死ねるんだろうか。

獣臭い息を弾ませながら、ずるりと音を立てて乾が八雲の上に覆いかぶさってきた。頬に、涎が滴り落ちる。

「いっただっきまーす」

乾の間延びした声がすぐ耳元でするると、八雲の目頭が熱くなった。涙が、溢れてくる。

死にたくない。

「――……っ炯、助けて……っ！」

掠れた声を、振り絞る。

とても薄暗い倉庫の外にまで聞こえるような声ではなかったのに、その瞬間、目を瞑った八雲の目蓋の裏がさあっと明るく瞬いた。

「う、わ……ッ!?」

鈍い音がして、乾の大きな声が響く。

体の上にのしかかられていた重さが消えて八雲がおそるおそる目を開くと、――部屋を取り囲むように、いくつもの鬼火が揺れていた。

「汚らわしい手で私の主に触れるな、犬風情が」

「炯……！」

八雲を背に回した和服の後ろ姿は、確かに神社で見た炯のものだった。

お守りをカフェテリアに置いてきてしまったのに、助けに来てくれた。

八雲はその背中に抱きつきそうになって、慌てて思い留《とど》まった。

炯に弾き飛ばされたのだろう乾が、鼻先に深い皺《しわ》を寄せて低く唸り声を上げながら立ち上がったからだ。

「何お前……、狐か？　せっかくのご馳走《ちそう》に泥でも塗りにきたのかよ、狐野郎は呼んでねえんだよ」

背中を丸めて、乾は今にも飛びかかってきそうなほど怒っている。

八雲はその気配だけで肌が擦り切れそうなほど怖くなって、知らず、炯の着物の袖《そで》を掴んだ。

強く引っ張ったつもりはない。

しかし、八雲の手に引かれて、烔の体がぐらりと大きく傾いた。

「っ、烔！」

慌てて身を起こし、その体を支える。

烔はすぐに手をついて首を振るが、久しぶりに目の当たりにしたその顔色は青褪《あおざ》めていて、ひどく体調が悪そうだ。

乾がカフェテリアに入ってきた時と同じくらい。

「烔、大丈夫？　もしかして、まだ妖力が……」

「お恥ずかしいところをお見せして申し訳ありません、八雲様」

床に膝をついて何とか堪えているものの、伏せられた顔つきも険しく、肩で息をしている。

反対に、乾はすっかり毛艶も良くなって今にも飛びかかってきそうなほど威勢が良くなっている。

今にも消えそうな鬼火を見上げては、烔を嘲笑《あざわら》った。

「なんだよ狐、威勢よく出てきたわりには大したことなさそうだな？　まさか、お前も食べられに来たのか？」

烔の肩を押さえて八雲が睨《にら》みつけると、乾がおどけたように首を竦めてみせた。

ご馳走が増えて余裕を見せつけているようにも思えるその仕種に、八雲は初めて感じるような腹の底が煮えるような感情を覚えた。

「烔」

八雲は、ぎゅっと烔の肩を抱き寄せた。

どうすれば妖力が蓄えられるのかは、正直よくわからない。

でも乾は八雲を食べれば妖力が手に入る、と言っていた。炯も、八雲に名前を呼ばれるだけで充分だとも言っていた。

それに、さっきまで炯よりも顔色の悪かった乾が今爛々《らんらん》と目を光らせているということは、八雲が炯に何かしてあげられることがあるのかもしれない。

「僕に何かできることはある？」

今にも消え入りそうな炯の顔を覗き込む。

炯が驚いたように息を呑んで、視線を彷徨《さまよ》わせた。

「狐野郎！　さっさとそこを退けよ。お前なんか前菜にも、デザートにもなりゃしねえんだよ」

乾が床を蹴って、跳びかかってこようとした。その鼻面を消えかかった鬼火が弾き返す。

どっと音を立てて乾がひっくり返った。

こんなに弱っているように見えても、炯は充分強いようだ。だけどとてもこのまま戦わせることはできない。

「八雲様」

か細い声で、炯が呟いた。

それから、炯を抱いた八雲の腕をすり抜けて跪く。

「――どうか、ご無礼をお許し下さい」

神妙な声でそう言ったかと思うと――八雲の右手をそっと両手で掬《すく》い上げて、その手の甲に、口吻けた。

「！」

この間は、足の先だった。

今度は手の甲か。

足と違って烔の柔らかな唇の感触をまざまざと感じる。八雲は思わず顔がかっと熱くなった。

烔の唇は、思っていたよりもあたたかかった。いつも肌が雪のように白いから、体温なんて感じないかと思ったのに。

それにうっとりするほど優しくて柔らかくて、唇が離れる瞬間、ちゅっと濡れるような音が聞こえた。

ゆっくりと顔を上げた烔が細く長く息を吐いて、体に漲《みなぎ》る妖力を確かめるかのように目蓋を閉じる。目に見えて烔の顔色が元に戻っていくようだ。蒼白していた肌が白くなり、うっすらと赤みを帯びてさえ見える。

目の前であらわになった喉が上下すると、八雲はそれに見惚《みほ》れた。

なんだか、胸がドキドキしてくる。

こんなことで、妖力が溜《た》まったんだろうか。八雲は何かが減ったようにも感じないけど。もちろん何を喰われたわけでもないし、乾にされたみたいな不快な思いもしてない。

あまりにも烔が綺麗で、少し胸が苦しくなったくらいだ。

「け、烔……だいじょう、ぶ？」

手を握られたままおそるおそる窺うと、眦に朱の入った目を薄く開いて烔が微笑んだ。

優しい、胸がいっぱいになるようなあたたかい表情で。

「はい。八雲様の優しさで身も心も、充分に満たされました。有難う御座います」

心が満たされたのは八雲の方だ。

何故か、炯の優しい声を聞いていると安心感や幸福感で息が詰まりそうになる。

「炯……」

また助けに来てくれてありがとう、と告げるために炯の手を握り返そうとした時、その背後で乾が姿勢を低めたのが見えた。

「危ない、炯！」

声を上げた瞬間、乾が強く後ろ足を蹴って飛びかかってきた。炯が振り返る。

八雲が思わず目を瞑った瞬間、犬の甲高い鳴き声が響いた。

知らず目の前の炯にしがみついていた八雲が目を開けると、振り向きざま鋭い爪を振るった妖狐《ようこ》の凄《すご》みのある美しい横顔がそこにあった。

「八雲様、ご安心下さい。すぐに片付けます」

そう言い残して、炯が背中を向ける。

華奢《きゃしゃ》なように見えて、間近で見る炯の背中は頼もしく感じた。

八雲は浅く肯くと、せめて炯の邪魔にならないようにダンボールの影に隠れることにした。

「すぐに片付ける？　それ、俺のこと言ってるのか？　飼い狐ちゃん」

鼻の頭から赤黒い血を垂らしながら、乾が荒い息とともに乱暴な声を吐き捨てる。全身の毛が逆立って、今にも噛《か》み付いてきそうだ。

「さあ。私は、主の前に転がっている目障りな塵《ちり》を取り除くだけ。命が惜しければ、お前も主人に助けを請うたらどうだ」

対してあくまでも冷静そうな炯も、言葉が氷柱のように鋭く乾をめがけている。

八雲に対してはあんなにあたたかいのに、どうも悪い妖怪に対峙すると冷徹になるようだ。主人と言われている八雲でさえ、怖く感じる。

「助けを請う？　そんなことできるわけねぇだろ！　バーカ！」

べろり、と長い舌を出して乾が喚《わめ》いた。

それを炯が鼻で笑う。

「そうか。お前はただの嚙ませ犬だものな。主との信頼関係があれば、お前はこんな飢えた妖怪などにはなっていないはず。哀れな犬だ」

乾が吼《ほ》えた。

顔つきがますます獣らしくなってきて、やせ細った野犬のようだ。

八雲は身を隠したダンボールをぎゅっと握りしめた。炯の後ろに隠れていてさえ、体が震える。

炯がどれほど強いのかはわからない。でもその悠然と構えた様子は余裕があるように見える。本当にあんなことで妖力を溜めることができたんだろうか。

「黙れ……黙れ黙れ黙れッ！　狐野郎がッ！」

咆哮《ほうこう》とともに、乾が飛びかかってきた。野生の犬の跳躍、そのものだ。

炯に嚙み付こうとして大きく開いた口から舌が伸び、唾液《だえき》が飛び散る。鋭い牙も。

「動きが鈍いな。体が邪魔なんじゃあないのか」

ゆらりと体を揺らして腕を構えた炯が、いとも簡単に乾の頭を抑えこんでしまった。体を大きく揺さぶり、乾が炯の手から逃れようとする。荒い息遣いと聞くに堪えない怒号にも似た泣き声がこだまして、八雲は思わず両手で耳を塞いでしまった。

「私の主の肌を汚したのはどの足だ？」

炯の静かな声とともに、枯れた枝が折れるような音が聞こえた。それが、何を意味しているのか八雲は努めて考えないようにした。

「てめえっ……狐、てめええ……ッ！」

割れた声で、乾が呪詛《じゅそ》を吐く。八雲は耳を塞いだ手をぎゅっと握りしめた。

「貴様のような外道畜生に何を言われても痛くも痒《かゆ》くもないが。……さて、主の大事な肌を舐め啜《すす》った薄汚い舌はこれか？」

ひっと短く息を呑む音とともに、乾の罵倒《ばとう》の言葉が途切れた。

反射的に、八雲はその場を立ち上がっていた。

「炯！」

ダンボールから顔を出すと、思った通り炯の長い爪が乾の長い舌を引き抜こうと貫いた後だった。

自由の効かなくなった舌から涎を流し、乾の憎しみに満ちて充血した両眼は涙に濡れていた。

乾が結局何なのか知らない。学生のふりをして大学に忍び込んだ妖怪でしかないのか、あるいは学生に取り憑いた妖怪なのかもしれない。だとしたら、その妖怪を殺したら学生はどうなるのか。

妖怪だって、もしかしたら話せばわかるかもしれないのに。

「八雲様。このようなものを貴方様にお見せするのは私も心が痛みます。どうか、今のうちに部屋の外へ」

炯が視線を伏せて、乾の体を引いた。乾が、悲鳴にならない声を上げる。

出入口までの通路は作ってもらえたから、炯の隣を通りすぎて廊下に出れば、確かにこの恐怖からは逃れられるのかもしれない。でも。

「炯、……その人を、離してあげられないの」

八雲は声を震わせながら、炯を見据えた。

乾が目を剝《む》く。炯も、戸惑いがちに顔を上げた。

「恐れながら、八雲様。この犬神は恐らくこの者の主の意志によって八雲様の命を狙《ねら》いに来たもの。離しても、また八雲様を脅かすことになるかと」

八雲が乾の涙に濡れた目を見ると、舌を裂かれかけながら乾が小刻みに首を振った。もう狙ったりしない、と必死に訴えかけているように。その表情が、さっきよりも人間のそれに近付きつつある。

「八雲様、妖怪の言うことなど信用してはなりません」

「炯の言うことも？」

八雲が尋ね返すと、炯が言葉を失った。

暫《しばら》くの間の後、炯が鋭い爪を収める。

舌から爪を引き抜かれた乾は舌なめずりをして口を固く閉ざすと、大きく身を捩って炯の腕から逃れた。

「乾先輩！」

八雲が呼びかけるのも聞かず、片足を引きずりながら倉庫の扉を肩で押し開けるようにして逃げていってしまった。

扉の外には、少しずつ学生の姿が増えつつあるようだ。猛烈な勢いで飛び出していった乾に短い悲鳴が上がったが、分厚い鉄製の扉が閉まるのとともに、また室内には静寂が訪れた。

「……ごめん」

妖怪のことも知らないのに、勝手なことを言ってしまった。

肩で息をした炯の横顔をちらと窺ってから、八雲は俯《うつむ》いた。

「八雲様がそのようなことを仰《おっしゃ》る必要はありません。私は常に、貴方様の命に従うまで」

懐紙で手を拭《ぬぐ》った炯が、ダンボールの影に立ち尽くした八雲に手を差し出す。

八雲は逡巡《しゅんじゅん》してから、その手を取って部屋の中央に戻った。

「でも、炯は僕を助けに来てくれたのに。……勝手なことを言って」

「いいえ。私の方こそ馳《は》せ参じるのが遅くなりました。大変申し訳ございません。どこか不快な箇所はございませんか」

不意に炯が八雲の足元にしゃがみ込み、乾に剝ぎ取られた靴を差し出す。

「じっ、……自分で履けるよ！」

慌てて足を引っ込めようとしても、跪いた炯についと見上げられて妙に胸が騒ぎ出す。

どうしてだか急に、さっき手の甲に感じた唇の感触が思い出されて炯の顔をまともに見れなくなってしまった。

「八雲様」

優しく促されて、仕方なく八雲は炯の肩に手をかけてスニーカーに足を入れた。

なんだかいちいち行動が仰々しくて、妙に照れくさくなってしまう。

「……そういえば、烔。妖力は大丈夫なの」

烔にスニーカーの紐を調節されながら、部屋を照らした幾つもの鬼火を見上げる。

乾を弾き飛ばして烔が現れた時は、この火も今にも消え入りそうだった。しかし今は勢いよく燃え盛り、天井の近くをふわふわと浮いている。狐火、というやつだろうか。

「非常時とはいえ、先程は大変失礼を致しました」

「あんなので、本当に妖力が溜まるの？」

乾も見る間に力をつけていたようだし。烔だって目の前でみるみる回復していったのを見ているけど、なんだか信じられない。

「はい。あの犬神が言っていた通り、八雲様の体に秘められた妖力は鴻大《こうだい》なものです。私などは八雲様の手に口吻けさせて頂くだけでも充分な御力を頂戴できるのです」

口吻け、なんて改めてはっきり言われるとますます顔が熱くなって、いたたまれなくなる。

烔にとっては妖力を得る、それ以外の意味なんてありはしないのに。

八雲は動揺を悟られないように言葉をつなげた。

「そ、そんなの全然知らなかったけど……それって、うちの血筋に関係があることなの？」

「どうでしょう。ただ、八雲様が私を見ることができるのは妖力がお強いためかと」

「そうなの？　じゃあ、妖力が強いのっていいことなんだ」

八雲が言うと、烔がきょとんと目を瞬かせた。

何か変なことを言ってしまっただろうか。

「え、だって僕の妖力がなかったら、烔とこうして話をすることはできなかったんだよね？」

ええ、と短く答えて、炯が気恥ずかしそうに顔を伏せてしまった。

「しかし、そのおかげで八雲様は危険な目に遭われておいでです。先日の河童も、八雲様の妖力に気付いたためにあのような凶行に及んだものかと」

「炯が守ってくれるから大丈夫だよ」

八雲が手をかけたままの炯の肩が、ぴくりと震えた。

「あ、……っていうとなんかすごい他力本願みたいだけど、僕もこれからはもっと、危ない目に遭わないように気をつけるから――」

「八雲様」

慌てて付け足そうとした八雲の顔を再び仰いだ炯の表情は、なんだか泣き出しそうに見えた。

眩しい物でも見るように目を細めて頬はうっすらと桜色に染まり、薄い唇が震えている。

「……もったいないお言葉で御座います……！」

八雲がその頬に触れたくなる衝動を覚えた時、炯が深々と頭を下げた。

「ちょっ……ちょっと、炯、いちいちそんな頭下げなくていいから……！」

そんなに畏《かしこ》まられると困ってしまうし、何より、その綺麗な顔を見ていられない。

八雲が慌てて炯の前にしゃがみこんで頭を上げさせようとすると、炯がおそるおそる顔を上げた。

同じ高さに視線を合わせて、赤い眸《ひとみ》を覗きこむ。

まるで吸い込まれるような色だった。

そういえば、人間の姿で会うのはまだこれで二度目だ。以前狐の姿を見て以来、あれは夢だったのかと思うほど長い間炯を見ていなかったし。

それなのに、まだ二度しかこの姿を見ていないとは思えない。

八雲はすごくよく、この人のことを知っているような気がする。

「炯、僕は以前も――……」

「八雲様」

八雲の声を遮って、炯が視線を伏せた。

と、瞬きの間に人間の姿が掻き消え、またあの小さな狐の姿に戻ってしまった。

「あ、……あれ？　妖力が足りないの？」

じゃあはい、どうぞ！　と八雲が手を差し出すと、炯が長い耳を震わせて首を振った。

「有難う御座います、しかし私にはこの姿のほうが分相応」

「そんな」

もう少しで、何か思い出せたかもしれないのに。

あの神社での一件以来、なんだか八雲の胸の中がモヤモヤして晴れない霧に包まれているように感じる。


以前電話した様子じゃ、母親にも聞けそうにないし。

「先程申し上げました通り、犬神の背後には何か大きな妖怪がいることでしょう。これまでも嫌な気配を感じて周辺を調べてまいりましたが、これからもより一層お気を付け下さい」

「お、大きな妖怪？」

なんだか、妙な雲行きになってきた。

八雲が恐怖に駆られて床の上で拳を握り締めると、それを宥《なだ》めるように炯が鼻先を擦りつける。

その仕草が可愛らしいやら安心感を覚えるやらで、八雲はそのまま烔を抱き上げた。

「八雲様を体内に取り込んで、絶大な妖力を得ようと目論《もくろ》む輩《やから》です。私の能力が至らず、未だ正体まではわかりません。引き続き、調査を続けます」

「もしかして、最近ずっといなかったのって……それを調べてたせい？」

「はい」

八雲の膝の上に乗せられた烔が、何でもない顔で首を傾げる。

そうか。

用がない時は姿を見せてもくれないのかなんて寂しく思っていたけど、八雲を助けるために烔は忙しく飛び回っていたのだ。

時にちょっとふてくされてしまった自分を恥じて、八雲は烔の背中を指先で撫でた。

狐の姿だとこんなに気安く触れることができるのが、不思議だ。

「しかし、正体を突き止めるために此度《こたび》のように八雲様を危険に晒すようなことがあっては、本末転倒。今後は出来る限り、お傍を離れないように致しますのでお許し下さい」

「ううん、助けに来てくれて嬉しかったよ。ありがとう」

お守りを落としてきてしまったから、烔は来てくれないものかと思っていた。

烔はまた気恥ずかしそうに顔を伏せると、八雲の手を逃れてトトッと膝を降りてしまった。

「烔」

「犬神の痕跡《こんせき》を辿って、主人を追えるかもしれません。八雲様は、どうか御学友達《たち》と離れ離れになりませんよう」

さっき乾が出て行ったばかりの扉に体を向け、振り返った炯は既に凛々《りり》しい表情を浮かべていた。

「もう、行っちゃうの」

思わず口をついて出た言葉に、八雲は自分でも驚いた。

炯も目を瞬かせたようだった。

「あ、……あの、また今回みたいに長い間会えないのかなって……あ、えっと変な意味じゃなくて」

言えば言うほど、ドツボにはまっている気がする。

炯もなんだか要領を得ないという顔で首を傾げている。

炯は八雲の安全を守るために行く、と言っているのに。八雲は必死で言葉を選びながら、鼻の上の眼鏡を押し上げた。

「あの、……たまには、帰ってきてね」

「帰る？　と、申しますと」

ますますわからない、といったように炯が声を上げた。

もちろん、お守りにという意味でも、田舎の村に帰って欲しいわけでもない。

「僕の家、実家に比べたらすごく狭いけど……炯の狐の姿だったら、大丈夫だと思うし」

八雲の傍に、帰ってきて欲しい。

八雲だって、炯に危ない目に遭ってほしくはない。

そういう気持ちを込めて言ったつもりだけど、炯はしばらくその場に立ち尽くして言葉を失っているようだった。

——やっぱり変なことを言ってしまっただろうか。

沈黙が続くほどじわじわと汗が滲んできた顔を伏せて八雲が縮こまろうとすると、ふと烔が笑った。

「身に余るお言葉。有難う御座います」

小さく頭を垂れて、双眸を細めた烔が太い尻尾を揺らす。

なんだかちょっと、喜んでいるように見えた。八雲の願望にすぎないかもしれないけど。

「それでは、行ってまいります」

「うん、行ってらっしゃい。気をつけてね！」

烔の後を慌てて追って、重い扉を開く。

するとまるで弾丸のように勢いよく烔は飛び出ていって、廊下を行き交う学生たちから振り返られることもなくあっという間に姿を消してしまった。


その晩、お風呂《ふろ》に入って乾に舐められた足首を見ると、斑《まだら》の濃い痣《あざ》のような痕《あと》がついていた。

最初は驚いてタオルで思い切り擦ってみたが落ちるはずもなく、ただ、触れても大した痛みはなかった。

乾に襲われた時の恐怖を思い出すと未だに体が震えるようだけど、烔に口吻けされた手の甲を見ると心が安らいでいく。

体を流して、小さな湯船に身を沈めると八雲は右手の甲をまじまじと見下ろした。

乾には痣を残されたのに、烔の痕は何もついていない。

いっそ何か徴《しるし》でも残してくれたら、妖怪避《よ》けになるかもしれないのに。

「……いや、炯も妖怪だっけ」

ぶくぶく、と顎《あご》先まで浸《つ》かって八雲はぼやいた。

犬神だという乾や河童なんか問題にもしないほど炯は強いのに、少しも怖いとは感じない。

それどころか、今日なんて乾を離してあげてと思わず声を荒らげてしまった。

炯が言う通り、ちょっと主人っぽかった気がする。

自分がそんな器じゃないことは、八雲自身がよくわかっているけど。

湯船の中で膝を抱いた右手から意識が離れない。

炯にしてみたら妖力を分けてもらった、ただそれだけのことなんだろうけど、八雲には自分の右手が何か特別なものになったみたいな気がしていた。

「――……」

お湯から出した右手に、そっと唇を寄せてみる。

感じるのは湯船であたためられた自分の体温でしかないのに、目を閉じるとすぐそばに炯がいるような気がした。

夢を見た。

場所はたぶん、八雲の実家のある村だろう。といっても八雲が知っているような景色はひとつも出てこなくて、八雲が実際は行ったこともないような村を囲む山の奥深くや、大きな岩のごろごろしている川辺、一面の蓮華《れんげ》畑。

運動が得意じゃない八雲も夢の中では大自然の中を自由に駆けまわって、どんなに飛んでも跳ねても決して転んだりしなかった。それどころか体が羽にでもなったかのように軽やかで、すごく気持ちがいい。

キラキラと水面を輝かせる川の底に、魚が泳いでいる。

「あれ、採れるかな？」

八雲が尋ねると、隣で肯く人がいた。

炯だ。

「採ってまいりましょう」

炯は夢の中でも優しく穏やかに微笑んで、鮮やかな手並みで川魚を採ってくれた。

二人で山に戻って、魚を焼いて食べる。

八雲と炯はまるで旧知の仲のように他愛のない話をしながら笑い転げて、お腹《なか》がいっぱいになるとまた山の中へ遊びに出かけた。

「八雲様、私の背に捕まっていて下さい」

ある時は炯が大きな大きな狐の姿に変化すると、背中に八雲を乗せて一気に高い山を駆け上がった。

夢の中の八雲はそれは速く走れたけど、炯のスピードは桁《けた》違いだ。

まるで一陣の風のように木立の間を駆け抜けていく快感に八雲は炯のことがますます好きになって、逞《たくま》しい首元にぎゅうっと抱きついた。

「炯」

村でも一番高い山の山頂にあっという間に辿り着くと、八雲は炯の背中から降りてその鼻先に腕を伸ばす。

炯は首を下ろして、頭を垂れるように八雲の顔を窺った。その鼻に、キスをする。

「炯、……大好きだよ」

八雲がそう言うと、炯もつり上がった双眸を細めて笑ってくれたような気がした。

「――……、」

小鳥の囀《さえず》りに目を覚ますと、当然、そこは無機質で狭い八雲のひとり暮らしの部屋だった。

目覚まし時計が鳴る前、まだ午前六時前だろう。

カーテンを閉めた窓の外で車の往来する音が断続的に聞こえてくる。

ここは静かな村ではなくて、ましてや奥深い山の中でもない。

あんな夢を見るなんて、ホームシックにでもかかっているのだろうか。

実家の山が恋しいのか――といっても、実家にいた頃からあまり外を出歩くこともなかったのだけど。

夢の中で食べた魚、美味しかったたな。

味覚がある夢というのもおかしいけど、美味しいと感じた気持ちだけが胸に強く残っている。

山を猛スピードで駆けていく興奮も、力いっぱい抱きしめた炯の毛並みの感触も。

少し湿った鼻にキスしたドキドキも――……。

「……っ、変な夢」

かあっと体温が上がった気がして、八雲は慌てて寝返りを打った。

あと少しだけ、眠れるはずだ。

大きく息を吐いて寝直そうと目を閉じようとした時、――そこに、炯がいた。

「……!!」

思わず声を上げそうになって、慌てて両手で自分の口を覆う。

夢の中とは違う、いつもの小さいサイズの狐姿の炯が、丸くなって八雲の枕元《まくら》で眠っている。

耳はピンと立て、太い尻尾に細い鼻先を埋めて目を閉じている。腹部が深い呼吸とともにゆっくり上下していた。

帰ってきてねと八雲が言ったから、帰ってきてくれたんだろうか。

それとも、就寝中も八雲を守るためなのか。

――どちらにせよ、嬉しい。

八雲は炯を起こしてしまわないように慎重に、おそるおそるその頭に指先を伸ばして撫でてみた。

ピクン、と耳が震える。

「！」

弾かれたように手を引っ込めたが、烔はヒゲの先を二、三度揺らしたきり、起きる気配を見せなかった。

密《ひそ》かに、胸を撫で下ろす。

懲りずにもう一度頭を撫でると、烔がなにか小さく寝言を言ったようだった。とても聞き取れるようなはっきりしたものではなかったけど。

ずいぶん熟睡しているようだ。

疲れているんだろう。

「……烔、ありがとう」

八雲は枕の上の頭を烔に寄せて、夢の中でそうしたようにそっと唇を寄せた。

いつからこうしているのかはわからないけど、烔が傍にいてくれたからあんな夢を見たのかもしれない。

八雲は夢の続きが見れるように烔の香りを胸いっぱい吸い込んで、もう一度浅い眠りについた。

「妖怪の文献、……ですか」

日曜の昼下がり。

八雲は大学の近くにある大きな書店に炯を誘った。

家を出て暫くの間は、八雲の肩に乗った炯のことを道行く人がみんな不思議そうに見ている気がしてしょうがなかったが、次第に慣れた。

炯の言う通り、実際には八雲以外誰にも炯の姿は見えていないらしい。

あまりにも八雲が「それでも見ている気がする」と訴えるので炯は通りすがりの中年男性の目の前に飛び出してみせたが、中年男性は見向きもしないで足早に過ぎ去っていった。

不思議なもので、中年男性は確かに足元の炯を避けたのに、何を避けたのかわかっていないようだったし、何かを避けたという意識すらしていないようだった。

妖怪は、幽霊とは違う。生きたものだ。

実体としてこの世にあるけれど、人間とは少しずれたところで生活している。

同じ世界に存在しているのだから、人間にだって見えていてもおかしくはないのに、そこにあるものが認識できていないという状態なのだという。

そういう妖怪の基礎知識的なことも、八雲は知らないままだ。

だから、書店に行く必要があった。

「うん。妖怪の本はたくさんあるんだけど、どれが本当のことが書いてあるのか僕にはちょっとよくわからないから。炯が見ればわかるかなと思って」

本によっては妖怪を空想上の生物だと言って憚《はばか》らないものもあるし、ただ妖怪を怖いものとしておどろおどろしくしか表現しないものもある。そうじゃなくても、昔からの伝聞が主体であまり現代の妖怪事情について触れている文献は少ない。

八雲は書店の検索機を使って妖怪と名のつく本を手当りしだい掻き集めると、書店のあちこちに用意された椅子に座って一冊ずつ吟味した。

正確には、肩の上で覗きこんでいる炯に判別してもらっているだけなのだが。

「本当なら、実家に戻っておばあちゃんに聞くのが一番信頼できるんだけど」

夏休みにはまだもう少し日があるし、田宮たちと夏休みに入ったら遊園地に遊びに行こうという誘いも受けている。

お盆には必ず帰るからと両親には言ってあるけど、正直都内で過ごす友達との夏休みも楽しみで仕方がない。

それに、母に隠れて祖母に妖怪の話を聞くのは疚《やま》しいことをするようで気が引けそうな気もしている。いつも通り怪談話は聞けるだろうけど、毎年必ず橘家の代々当主の活躍が聞けるわけでもない。

八雲が今一番聞きたいのは、そこなんだけど。

「文献でしたら、御本宅の蔵に初代様の書き残された妖怪巻物もございますが」

「えっ、そうなの？」

八雲は思わず声を上げてしまってから、静かな店内を窺った。

近くにいた数人が、こちらを訝しそうに見ている。はたから見れば、妖怪の本を開いてひとりごとを言っている危ない青年だろう。

八雲は咳払《せきばら》いをして、声を潜めた。

「それはすごく興味ある……けど、僕に読めるかな」

実家の屋敷の真裏には、確かに漆喰総塗籠《しっくいそうぬりこめ》の土蔵がある。中には橘家代々の由緒ある品々が保管されていいるんだとは聞いていた。

でも初代っていうのが何百年前なのかもわからないし、想像するだに筆でサラサラと書かれた達筆な文字を、八雲が読めるとは思えない。

「必要であれば、私が読み上げましょう」

「ほんと？　やった！」

口元を本で隠したまま肩に乗せた炯を振り返ると、狼狽えたように炯が後退り、八雲の肩から落ちそうになった。慌てて手で支えて乗せ直そうとすると炯はするりと八雲の体を回りこんで、膝の上に自分から降りてしまった。

「……ねえ、その巻物には妖力の分け方とか書いてあるのかな」

「分け……方？」

膝の上から炯が八雲の顔を無防備に仰いだ。

「うん、僕が炯にもっと効率よく妖力を分けてあげるにはどうすればいいのか、ヒントになるようなことが書いてあればと思ったんだけど……」

炯は最近毎朝、八雲の目が覚める頃には枕元で眠っている。

いわゆる黄昏《たそがれ》時と呼ばれる、妖かしが最も活動的になる夕陽の落ちる時間帯にはいつの間にか姿をくらまして、朝方に戻ってきているようだ。

その寝姿はいつも疲れているように八雲には見える。

妖怪は人間のように食事を取らないというし、やはり妖力を分けてあげることでしか烔を元気づけてあげられないのだろう。

八雲は大人向けの妖怪図鑑をめくりながら、妖力に関する記述がないか目を凝らした。

たくさんの妖怪の種類と見分け方を知るには図鑑を買えば事足りそうな気もするが、八雲はもっと妖力について知りたい。

烔に守られるだけじゃなく、自分でもその力を使いこなせたらいいのに。

今は自分の中にその力があるのかどうかさえ、感覚としてちっともわからない。

ふ、と膝の上から息の漏れるような声がした。

「？」

図鑑から目を離して、烔を見下ろす。

烔はしまった、というように前肢を鼻先に押し当てて耳を後ろに伏せていた。

「烔、……笑った？　今」

「いえ、そのようなことは」

そう言いながら、烔はそっぽを向いて尻尾の先を落ち着かなく揺らしている。

八雲が身を屈めてその顔を覗きこもうとすると、近くの席で同じように本を選んでいる女性から不審そうに見られてしまった。

「……恐らく妖力の与え方など、どの文献にも記載されていないでしょう」

取り繕うように咳払いをした烔が、いつも通り落ち着いた様子で言う。

「そうなの？　どうして？」

「八雲様のように生まれつき妖力に恵まれた人間はそう多くありません。妖怪を使役するために多くの妖力を必要とし使いこなせる人物は元々半妖の者か、または過酷な修行を積んだ者だけです。彼らは妖怪を自らの手足として利用しております。……八雲様のように、優しさで妖力を分け与えようなどと思うものは、他におりません」

はにかむように視線を伏せた炯の背中を、八雲は知らず撫でていた。

「僕は炯を利用しようなんて思ってないけど、……でも、守ってもらってるのは確かだし」

「それは、私が八雲様をお守りしたくてお守りしているのです」

炯が緩やかに首を振ると、なんだか八雲のほうが恥ずかしくなってくる。

別に八雲が橘家の人間だからそう言ってくれているだけのことなのに。

「あっあの……じゃあ、あのさ、こうやって撫でているだけでも妖力は溜まったりするのかな？」

気恥ずかしさを隠すように八雲が尋ねると炯が目を瞬かせて仰いだ。

撫でるなら、頭や背中、尻尾、どこを撫でるのが一番効率がいいとかあるのだろうか。

妖力の溜まる臓器というのがあるならば、そのあたりを撫でたほうがいいのかもしれない。

誰も文献に残していないなら、八雲が明らかにするしかない。炯が「そこ」と言ったらその場所をいくらでも撫でる覚悟を持って、八雲は炯の顔を真剣に見下ろした。

驚いたようにぽかんとした炯の口元から、また空気の抜けるような音がした。

「！」

すぐに炯は顔を伏せて尻尾で隠してしまったけど、今は絶対に噴き出した声だった。

「ちょっと、炯！　笑い事じゃないんだから。僕は本気だよ？」

「い、いえ……、八雲様のお優しいお心遣い、私も真剣に……、くくっ」

苦しそうに言い繕ってはみるものの、途中で炯の声は震えて笑い声に変わってしまった。

八雲もその背中を小突きながら、自分でもおかしくなってきてしまった。

撫でることで炯に妖力を溜められたらいいなと思うのも本当だけど、半分はただの口実かもしれない。

ただ炯に触れる理由が欲しいだけだ。

だからこうして二人で笑い合えて、それで妖力が溜まるんだと言われたらそれでも充分嬉しい。

「じゃあ、とりあえず今日はこの図鑑だけ買って帰ろうかな。あとは、実家に戻った時に蔵の中を見せてもらおう」

「懸命なご判断です」

つい長居してしまった書店の椅子を立ち上がり、あらゆる日本の妖怪とその特徴について書かれている図鑑を手に八雲がレジに向かおうとした、その時。

肩にのぼってきた炯が、声を低めた。

「八雲様」

八雲の顔のすぐ傍に寄せられた炯の眼差《まなざ》しが鋭く、さっきまでの和やかな空気が一変している。

書店員から釣り銭を受け取りながら、八雲は声を出さずに炯の声に耳を傾けた。

「近くに、不穏な気配を感じます。恐らく、妖かしかと」

炯の神経が研ぎ澄まされていくのが、八雲の肌にもピリピリと感じる。

「ありがとうございましたー」

店員の手から図鑑の入った袋を受け取ると、八雲は足早にレジの前を離れた。

「悪い妖怪？」

「残念ながら、そのようです。八雲様の妖力を手に入れんとする一味でしょう」

声を潜めて炯と話しながら、八雲も周囲に視線を走らせた。

河童の時のような嫌な雰囲気は感じない。だけど、乾の時のように人の姿に化けていられたら八雲には判別がつかない。何しろ休日の昼過ぎは人の往来も激しく、どこからどんな人が八雲に近付いてくるか予想もできない。

「ただ今割引クーポン配布しておりまーす」

ファーストフード店の割引券を配布する人物が、書店を飛び出した八雲に近付いてくる。

彼が妖怪だという可能性だって、ないわけじゃない。あるいは八雲の前を通り過ぎて行く幼い娘を肩車した父親がそうじゃないとも言い切れない。

八雲はにわかに緊張して、肩の炯に手を伸ばした。

「八雲様、この近くに清浄な神社がございます。ひとまず、そちらに」

「わかった」

八雲は愛想のいい店員から割引券を受け取ると、炯の言う通りに神社を目指して駅から遠ざかった。

足早に人混みをすり抜け、人気の少ない住宅街に入り込む。

妖怪がどんな姿で現れるかもわからなければ、明るいうちなら人気がない方がまだ安心できた。とはいえ、炯が一緒にいるからという条件付きだけど。

「炯、妖力は大丈夫？」

気付くと八雲は小走りになっていた。普段運動をしないせいで、すぐに息が上がってしまう。緊張しているせいもあるかもしれない。

「八雲様のお力添えの甲斐《かい》あって、充分に」

炯の声音が少し和らいだように感じた。

すると八雲の肩からぴょんと飛び降りた炯が、前肢をアスファルトに着けるやいなや虎《とら》か獅子《しし》かというほどの大きさに変化した。

「！」

思わずびっくりして、先を急ぐ足を止めてしまった。

さっきまで手のひらサイズだったのに、今や八雲の肩の高さに胴がある。

八雲は目を瞬かせて、太陽の光に反射してキラキラ光る鮮やかな毛並みを見つめた。

「おかげで、このような大きさにも」

声は、炯のものに変わりない。

しかし狐の姿でいてもその眦に朱の模様が入っていて、その眼で見つめられると八雲はこんな時なのにドキンと心臓が跳ねるようだった。

「八雲様、どうぞお乗りください。先を急ぎましょう」

炯が首を下げ、八雲に背中を促す。

八雲には相変わらず悪い気配を感じ取ることができないけど、炯の様子からすると何かが近付きつつあるのかもしれない。

八雲は黙って短く肯いて、炯の首に捕まってその背中に体を滑らせた。

いつもならこんな背の高い動物に乗るなんて怖くて腰が引けてしまうところだけど、何故だか八雲は乗り方を知っていた。

八雲が後ろからしっかり腕を回すと、すぐに炯が走り出した。

徐々に、スピードが加速していく。

途中で車とすれ違ったけど、炯は車よりも速かった。それに、炯に跨《また》がった八雲の姿も他の人から見えなくなっているようだった。

ものすごい勢いで近付いてきては後ろに飛んで行く景色を見ながら、八雲は炯のふかふかした首にぎゅっと強く摑まった。

「八雲様？　恐ろしいですか」

ううん、と首を振る。

八雲は高いところが苦手だし、スピードが速いのも得意じゃない。だけど、炯の背中はちっとも怖くなかった。あたたかくて柔らかくて、ずっとここに跨っていたくなるくらい。

八雲は後ろから炯の肉厚の耳に口を寄せて、声を上げた。

「炯、僕この間これと全く同じ夢を見たよ。走っているところは田舎の山の中だったけど、僕はこうして炯の背中に乗って、高いところまで連れて行ってもらう夢」

デジャヴというやつかもしれない。

遊んでいるわけではないんだから不謹慎だと怒られてしまうかもしれないけど、八雲はどうしても綻んでしまう口元を炯の耳の毛に埋めた。毛がびっしりと生えていてふかふかなのに、少しも獣っぽい嫌な匂いはしなかった。炯の香りだ。夢の中と同じだった。

「夢、――……ですか」

小さく、烔が呟いたようだった。

「え？」

よく聞き取れなくて八雲が少し身を乗り出そうとした時、突然路地から黒い影が飛び出してきた。

「！」

烔がひらりと飛び越えて、向きを変えながら停止する。

極力背中の上の八雲を振り落とさないようにと終始優雅な動きで。

「キツネ……シロイ、キツネ」

路地から飛び出してきたのは、ごく普通の濃紺スーツを着たサラリーマン風の――ミイラ、だった。

シャツの裾から覗いた肌がからからに渇れている。

サラリーマン一人じゃない。後から後から何人もわいて出てきた。

「キツネ」

「キツネ、ツカマエル」

「キツネ」

スーツ姿のものもいればTシャツにハーフパンツ姿のラフな格好のものもある。しかしどれも肌はどす黒く乾上がっていて、両眼も白く濁っている。

足元は覚束ないが、烔を捕まえようとしているだけあって、不思議と素早い。まるで、見えない糸に操られているかのようだ。

「烔！」

気が付くと、あっという間に大勢のミイラに取り囲まれている。

炯がジリっと身を低くして、唸り声を漏らした。

「こんなに大勢……」

炯と八雲を取り囲むように、路地という路地からいくらでもミイラがわき出てくる。

どれも、まるでたった今作られたかのような服装のミイラばかりだ。枯れた喉から絞り出すような声でうつろに繰り返されるキツネ、キツネの大合唱は八雲の体を震わせた。

「八雲様は、先に神社へ。この先まっすぐ向かえば、間もなく鳥居が見えてまいります」

「炯は？」

首に回した腕で、炯の毛並みをぎゅっと強く抱きしめる。すると八雲を落ち着かせるように、炯が八雲の頬に頬の毛を擦り寄せてくれた。

「すぐに後を追いかけます。こんなに大量の不浄のものを神社へ連れて行くわけにはまいりません」

炯のヒゲが八雲の頬を擽って、低い優しい声が耳を撫でた。

ミイラは果てがないのかと思うくらいたくさんいる。でも、一体一体は炯の相手ではないだろう。だから、心配はいらない。

八雲は、強く肯いた。

「合図をしたら、私の背から降りて走って下さい」

「うん」

八雲を炯から引きずり降ろそうとして腕を伸ばしてくるミイラを振り払い、炯が荒々しく足を踏み鳴らす。

八雲は力いっぱい炯に摑まって振り落とされないようにしながら、合図を待った。

「八雲様」

その場で大きく円を描《か》いてミイラを蹴倒し、隙の生まれたタイミングを見計らって炯が声を上げた。

瞬間、八雲は転げるように炯の背中を降りて後ろを振り返らず、駆け出した。

「炯、また後で！」

声を張り上げたけど、あっという間にミイラに取り囲まれてしまった炯の耳に届いたかどうかわからない。ただ八雲は炯の足手まといにだけはならないように、人生で一番必死に走った。

五十メートルほど走って、斜めに入った先に確かに立派な鳥居があった。

周囲を高い木々に囲まれて、境内はそんなに広くなさそうだけど静かで落ち着いた、空気の綺麗な神社だった。

八雲は何も考えずに鳥居の中に飛び込むと、その場で地面に寝転がって、破れそうになっている肺に必死で酸素を送り込んだ。

炯は無事だろうか。

あんなミイラに炯がどうこうされるとは思えない。時間はかかるかもしれないけど、必ず八雲を迎えに来てくれるはずだ。

八雲は人目も気にせず境内に寝転がったまま、しばらく呼吸を整えながら空を仰いでいた。

風が吹いて、境内の木の葉を揺らす。

炯が清浄な神社、と逃げ場にするだけある。ここは都心なのに空気が綺麗で、少し村に似ていた。

今の八雲にとって幸いなことに、あまり参拝客もいないようだ。八雲が呼吸を整えるまでの間、だらしなく横になった姿を誰からも見咎《みとが》められることはなかった。

しかしいつまでもこうしているわけにもいかない。

ここがきちんとした神社であればあるほど、祀られている神様もいらっしゃるということだろう。

八雲は汗ばんで重くなった体を起こして、少しの間烔を待たせてもらうよう断りを入れようとして、こちらを窺っている人影に気付いた。

「！　す、……すみません！」

誰もいないと思っていたのは勘違いだった。

八雲はだらしなく寝転がっていた自分を恥じて、竦み上がった。

手水舎に佇《たたず》んでいたのは白いワンピースを着た華奢な女性だった。

「いいえ。具合でも悪くされたのかと思って、声をかけようかと思っていたのですけれど」

高く透き通った声で応えた女性は、八雲が首を大きく振ると良かった、と言って笑った。

「ちょっと、あの……運動不足が祟って」

全力疾走した足が既に筋肉痛の兆候を見せている。

八雲はそれを女性に悟られまいとして平静を装いながら、鳥居の奥の住宅街を振り返った。

ここから烔の姿は見えない。ミイラと争う物音も不思議と聞こえなかった。

烔は大丈夫だろうか。

大丈夫だと信じているけど、気持ちが落ち着かない。

「どうぞ、こちらに来てお水でもお飲みになったら？」

「ああ、いえ……」

まだ足が棒のようで手水舎まで向かうのも大変そうだ。

八雲が固辞すると、女性はポケットからハンカチを取り出して冷たい水に浸した。それを軽く絞って、八雲に歩み寄ってくる。

「足がお疲れなんでしょう？　これで冷やして下さい」

腰まである長い髪を揺らしながら歩み寄ってくる女性に微笑まれて、八雲は首を竦めた。

平静を装っていても、八雲のふくらはぎが悲鳴を上げているのがわかってしまったのだろうか。

八雲は女性に礼を言って、冷たく冷えたハンカチを受け取った。

「あら？　書店に行ってらしたの？　……どんなご本を？」

女性に言われてはじめて、八雲はさっき買ってきたばかりの図鑑を手にしていたことに気付いた。

でも、さっきあんなに両手で炯にしがみついていたのに、ずっと手に持っていたのだろうか？

八雲は脇に抱えた書店の袋を見下ろして、胸がざわつくのを感じた。

でも、書店の袋はレジで渡された状態のままだ。

封を開いて中を見ると、確かに八雲が購入した図鑑が入っていた。何も変わったところはない。夢中だったから忘れていたけど、購入したものをずっと抱えたままだったということだろうか。

「あら、妖怪図鑑」

八雲の後ろから袋の中身を覗きこんだ女性が、口の前で掌を合わせて弾んだ声を上げる。

振り返ると、長い睫毛《まつげ》に縁取られた黒目がちの眼が輝いていた。

「妖怪、お好きなんですか？」

「あ、……いえ」

八雲が図鑑を袋にしまおうとすると、女性が細い腕を伸ばして見せて欲しがった。ワンピースから覗いた肌は血管が透けて見えそうなほど白く、今にも消え入りそうなほど儚《はかな》げな美女だ。近くで見ると、それがよくわかる。

八雲は今まで大学構内の中でも中路は相当可愛い女性だろうと思っていたけど、この女性はずば抜けて美しい。

顎の線が細く、赤い唇は小さい。派手《はで》な顔立ちではないけれど、よく整っている。あどけない表情で八雲の図鑑を見たがったかと思うと、急にその場で石段に腰掛けてページを繰るその横顔は不思議と妖艶にも見えた。

「ねえ、ご覧になって」

緑なす黒髪というのはこういう美しい髪を言うのだろう。濡れたような柔らかな黒色をした長い髪を揺らして、女性が八雲を手招く。

気付くと八雲はふらふらと女性に言われるまま歩み寄っていた。

女性のあらわな太腿《ふともも》の上に広げられた図鑑のページには、江戸時代に書かれた百鬼夜講化物語という書物の一頁が紹介されていた。

布団の上に横たわる男性の傍らに寄り添っている鬼のような形相の女が妖怪なのだろうか。妖怪の名前は肉吸い、とある。

女性が、その絵を指さした。

「これ、私なの」

「！」

無防備に女性の手元を覗きこんでしまったことを後悔して咄嗟に身を引こうとしたが、体が動かない。

目を瞠った八雲の腕に、女性の華奢な手がするすると這い上がってくる。

「肉吸いだなんて、嫌な名前。……ねえ、そう思いません？」

鈴虫のような軽やかな声で囁きながら、女性が身を寄せてくる。

身を捩って、石段を転げるように逃げれば良いだけだ。強く抑えこまれてはいないのに、体の自由が効かない。

「な……に、これ……」

全身が痺《しび》れたように硬直して、女性が体重を移してくると八雲は自然とその場に、ストンと腰を落とした。

「うふふ、八雲様って思っていたよりも可愛らしいお顔立ちなのね」

滑らかな掌が肩を撫で、首筋を辿って八雲の頬を包み込んだ。

夢のような軽やかな手つきで八雲の眼鏡を摘んで取り上げ、石段にぽいと放り投げる。

女性に触れられた先から、八雲が今まで感じたこともないような甘美な感覚が拡《ひろ》がっていく。

「僕の、……名前」

自分の意志で動かすことができるのは唇と、視線くらいのものだ。

堪えようとしても、女性にやんわりと促されただけで上体がゆっくりと傾いていく。女性の影が八雲の視界を覆っていく。

八雲は開かれたままの図鑑に視線を走らせた。

肉吸いは、男性の精を吸い取ってミイラ化してしまう女の妖怪だと書いてある。炯を襲ったミイラの集団が脳裏に浮かんだ。つまり、あれはこの妖怪の仕業だった。彼女に操られて炯と八雲を引き離したのだ。

「八雲様、私は他の妖怪みたいにあなたを頭からむしゃむしゃ食べて妖力をつけようなんて、そんな野蛮なこと考えておりませんの。……ただ少し、愉《たの》しみたいだけ」

ワンピースの裾を翻して八雲の腰に跨った肉吸いが、赤い唇から濡れた舌先を覗かせた。透き通るような肌が紅潮し、眸も艶っぽく潤んでいる。

妖怪だと知らなければ、この色香に自ら言いなりになる男性は少なくないのかもしれない。ただし彼女に取り憑かれたが最後、ミイラ化するまで相手をしなければならないというわけか。

八雲はぞっとしたが、体の震えさえも自分の思う通りにならない。

「八雲様にとっても、悪いお話ではないでしょう……？」

豊満な胸を擦り寄せながら、肉吸いの掌が八雲の下肢へ伸びていく。

「――……っ、嫌、だ……っ！」

ぎゅっと目を瞑って、なんとか首を振ろうとする。しかし肉吸いの唇が吸い付いてきて、どうにもならない。

嫌悪感が腹の奥から突き上げてくるのに、八雲の意志とは反対に両腕が肉吸いの背中に回って優しく抱きしめる。本当はその背中を摑んで、引き剝がしてしまいたいのに。

「つれないことをおっしゃらないで。ねえ、八雲様。私あなたのことは簡単にミイラになんてしたりしないわ。寸前で自由にして、また精がたっぷり溜まるまで飼って差し上げるの。そうして何度も何度も、あなたから妖力を絞りとってあげる」

いい考えでしょう、と肉吸いは朗らかに笑って八雲のジーンズの上を優しく撫でた。

「っ、！」

胸は嫌悪感でいっぱいなのに、八雲の体は反応していた。

これも肉吸いの能力なのだ、と思っても泣きたくなるほど気持ち悪い。

「嫌だ、……っ離して――……炯、……炯っ」

泣きじゃくるような声を上げて、八雲は気づくと炯の名前を呼んでいた。

炯があんなミイラにやられてしまうとは思わない。それを信じる気持ちは変わらない。だからこそ、――こんなところを炯に見られたくない。

見られたくないけど、この状況を自分で逃げ出す方法が見つからない。

力が欲しい。自分の中にそんなにたくさんの妖力があるというなら、どうしてそれを使いこなせないんだろうと思うと腹立たしくなってくる。

「炯、……炯」

「嫌ですわ、八雲様……そんな雄狐の名前を呼んだりなんかして。八雲様も殿方なら、もっと私を見て。私が楽しませて差し上げますから。他のことなんて何も考えられなくなるくらい……ね？」

八雲の首筋をねっとり舐めた肉吸いの舌が、八雲の唇に近付いてくる。

「……っ、！」

声すらも封じ込められて、八雲は掠れた息を吐き出した。

喉をどんなに引き絞っても、何の音も出てこない。

八雲はまだ誰ともキスをしたことがない。いずれお見合いで出会った女性と結婚するかもしれないと思っているけど、これまで女性と交際したこともない。

それを、こんな妖怪なんかに。

八雲は渾身《こんしん》の力を振り絞って歯を食いしばった。だけど、それだけだ。

肉吸いの甘い吐息がかかると頭の中が霞がかったようになって、朦朧《もうろう》としてくる。

目の前の肉吸いがただの美しいだけじゃない、八雲の好きで好きでたまらない人に見えてきた。

ずっと恋い焦がれて、愛《いと》しくて、抱きしめて離したくない相手だ。八雲が今まで誰とも口吻けをしてこなかったのは彼女のためだとさえ思えてきた。

肉吸いの華奢な背中を抱く腕に力がこもる。

押し倒されていた体を入れ替え、肉吸いの体に覆いかぶさるように体勢を変えたのが、彼女に操られてのことなのか八雲自身の意志なのかも判然としない。

柔らかな掌で撫でられ充血した怒張を彼女の白い太腿に擦り寄せながら、唇を寄せる。

「八雲様……、どうか口吻けを下さいまし。その唇から、私に妖力を――」

恍惚《こうこつ》とした口調で肉吸いが囁いた時、ピクリ、と八雲は動きを止めた。

頭は依然として朦朧としたままだ。

目の前の愛しい人以外、何も考えられない。熱く愛しあって溶け合って、一つになってしまいたい。

だけど、相手は彼女だろうか。

八雲は口吻けをしたことがない。

でも、されたことならある。

それは純粋に妖力を分けるためだっただろう。だけど確かに八雲の肌に触れた唇は、彼女ではなかった。

「――……ぃ、……っ」

「八雲様？」

うっとりと目蓋を閉じて八雲の唇を待っていた肉吸いが、薄く片目を開く。

その顔が急に、化け物じみた醜悪なものに見えた。

肌は蛇のようにざらついて薄暗く、華奢に見えた体もごつごつとして牛でも抱いているかのようだ。

八雲が今にも口付けようとしていた唇は大きく腫れ上がって爛《ただ》れたようになっている。

「……っ炯！」

八雲は肉吸いの術を振り払うように大きな声を張り上げると、渾身の力で体を起こした。

瞬間、境内に鬼火が降り注いでくる。

「ギャアッ！」

火の粉を浴びた肉吸いがひどい悲鳴を上げて、飛び退《の》いた。

八雲の肌に触れてもまるで熱くはないのに、肉吸いの肌を焼いて悪臭を放っている。

「我が主、お待たせして申し訳ございません。貴方様の下僕は、此方《こちら》に」

底冷えのするような怜悧《れいり》な声を振り仰ぐと、薄暗くなってきた空を背景に炯が本殿の屋根の上に立っていた。

白い着物はミイラを薙《な》ぎ倒してきた名残か、珍しく裾が汚れている。息を切らした様子はなく、ただ見上げた八雲でさえ息を呑むような鬼気迫る雰囲気があった。

影になった顔に赤い眸が煌《きら》めいて、地面をのたうち回る肉吸いを射抜くように見下ろす。

「貴様に選ばせてやろう」

炯が重苦しい重圧感のある声で言うと、なりふり構わず喚いていた肉吸いもピタリと泣き止んだようだ。

屋根の上からひらりと舞い降りてきた炯が、音もなく八雲の前に着地する。

八雲は気が抜けて、炯の背後でへたり込んだ。

「――この場で私に八つ裂きにされるか、貴様の使役するミイラ共に喰い尽くされる最期、どちらが良い」

肉吸いが爛れた自分の肉を拾い集めながら、短い悲鳴を上げた。

これまでにないくらい、炯は怒っているようだ。

八雲からは背中しか見えないが、言葉も出ないほど怯えた肉吸いの様子を見ていると一体どんな形相をしているのかと思う。決して見てみたいとは思えないが。

肉吸いが震えるように小刻みに首を何度も振ると、炯が鼻を鳴らした。

「仕方のない女だ……八雲様の御前を汚すわけにもいかない。――行け」

炯が着物の袂《たもと》を振って、長い爪で神社の外を指した。

一瞬、炯が肉吸いを許したのかと思った。

八雲が犬神を殺さないようにとお願いしたから、肉吸いのこともそうしてくれるのではと。

しかし、ほうほうの体で四つん這いになるように神社を転げ出た肉吸いの行く先に、まるで砂糖に群がる蟻《あり》のように大勢のミイラが押しかけてきた。

「……！」

すぐに肉吸いの体は見えなくなって、悲鳴すら掻き消えていく。

八雲はしばらくあっけにとられたようにその光景を見つめていてから、やがて顔を伏せた。

「人間の男を多数罠《わな》にかけた報いは受けねばなりません」

炯は冷たく言い放って、肉吸いを食い尽くして力尽きていくミイラの山を見届けてからゆっくり八雲を振り返った。

「八雲様、私の力が及ばず、三度《みたび》危険な目に遭わせることとなり、大変申し訳ございませんでした。この罰は、どうとでも……」

静寂を取り戻した神社にはやはり他の参拝客の姿はなく、まるで世間から隔離されたかのようだ。

炯はいつものように八雲の前に跪いて、失態を詫びようとした。

——けど。

「ゃ……っ、！」

八雲は過剰に反応して、尻餅をついたその場で後退った。

「八雲様？」

炯が険しい顔を上げ、八雲の顔を仰ぐ。

八雲は慌ててその場に蹲《うずくま》るようにして、顔を塞いだ。

「ご、ごめ……っ炯、……ごめん、ちょっと、一人に……してっ」

声が震えて、平静を保てない。

心臓はこれまでにないくらい強く打っていて、呼吸も荒くなる。

それを炯に悟られたくなくて、八雲はそれ以上言わず首を振った。

「八雲様、どこかお加減でも」

いっそ炯の手から逃れるために走って逃げてしまいたいけど、それもままならない。

八雲は泣き出したいような気持ちを堪えて、顔を隠した手にぎゅっと拳を握った。

「だ、大丈夫……っ！　大丈夫だから、っ」

どうしたら炯を追いやれるのかわからない。

八雲を守るためとはいえ、どうして狐の姿じゃなくて人間の形をして現れたんだと八つ当たりをしたくなるくらいだ。

身を強張らせて頑なに拒絶する八雲に炯が一瞬、躊躇《ちゅうちょ》した。

「八雲様、――……失礼致します」

「！」

反射的に飛び退こうとしたが、遅かった。

手首を摑まれた八雲は真っ赤に染まった顔を上げて、炯を仰いだ。

その紅潮した顔や潤んだ眸があらわになると、さすがに炯も言葉を失って目を瞠った。

「は、……離して、炯」

荒く弾む呼吸を噛み殺しながら、八雲は慌てて俯いた。

炯に摑まれた手首から、じわじわと疼《うず》きにも似た甘い感覚がうまれる。無理矢理《むりやり》にでも炯の手を振り払いたいのに、全身の力が抜けていてそんな力もわいてこない。

「八雲様、……まだ、肉吸いの術が」

八雲は、力なく肯いた。

おそらく、そうだろう。

そのせいじゃないなら、困る。

自分の体がどうにかなってしまったかのように熱くて、肌に自分の衣服が擦れるだけでうわずった声が漏れそうになる。

驚いた烔の視線が、八雲のはしたなくなった体をただじっと見つめている。それを意識するだけでもどうしようもなく体がビクビクと震えて、肉吸いに触れられた下肢が痛いくらい充血していく。

「烔、……お願いだから」

離して。

肩を窄《すぼ》めて何とか腕を引こうとすると、一瞬、烔の手の力は解けかけた。

このまましばらくじっとしていれば、いつかは治まるかもしれない。時間はかかるかもしれないけど、術をかけた妖怪はもういないのだ。自然と力が薄れていくだろう。

そうだよねと同意を求めるように八雲が思わず烔の顔を上目でちらりと仰ぐと、一度離れたかと思った烔の手が、また強く八雲を捕らえた。

「っ、烔?!」

「八雲様、今少しばかりご辛抱下さい」

強引に腕を引かれたかと思うと、八雲は烔の腕の中にいた。

突然のことに、息が詰まった。

今まで狐の毛並みには触れてきたけど、人間の姿の烔にこれほど近くまで寄ったことはない。

「ぁ、ちょ……っ烔、！」

泣き出したくなるような劣情を覚えていやいやと首を振ると、それをも抑えこむように強い力で烔が八雲を抱き上げた。

烔の滑らかな着物の感触が八雲の体に触れる。その奥にある烔の鼓動も。烔もこの状況に焦りを感じているのだろうか。ひどく、早く打っている。

「失礼致します」

頭上で烔が呟いたかと思うと、烔は石段を登って拝殿の扉を開いた。

長い間祭祀《さいし》を行うこともなかったのか、床には埃が積もり、天井には蜘蛛《くも》の巣が張っていた。境内は穏やかで良い神社のようだったが、肉吸いが根城にしていただりあるのだろう。

明かりもなかった拝殿の中に八雲を抱いた烔が歩み入ると、鬼火が壁際に灯って薄明かりを宿した。

「八雲様、どうぞこの中でお休みください」

いつもと変わらない低い声で烔が囁くと、それだけで八雲の背筋がゾクゾクと震えてしまう。

声を漏らさないようにするのが精一杯で、八雲は自分の手を噛むようにしながら小刻みに肯いた。

その様子を見下ろして、烔が困ったように小さく息を吐く。珍しく、取り乱しているようだ。

「ご、……ごめんね、烔、僕……っ」

こんなみっともない姿を見せて、消え入りたいくらいに恥ずかしい。

震える呼吸をしゃくりあげて、掌で顔を隠す。早く八雲を置いて拝殿を出て行って欲しい。

八雲は熱病に浮かされたかのように熱い呼吸を弾ませながら、そっと烔の胸を押した。

「っ、」

でも、その体温を感じただけで頭の先まで電流が走ったかのようになって身悶《みもだ》えてしまう。未だ炯の腕に抱かれたままの体がビクビクと短く痙攣《けいれん》するように震えて、止まらない。目に涙が浮かんできた。

「ごめ……っ炯、もう、下ろして……っ」

呼吸は苦しいし、体が内側から焼け付きそうだ。

それにさっきから張り詰めている下肢が痛くて、耐えられない。

八雲がわずかに身を捩ると、炯が慌てて埃の積もった床に膝をついた。

「お待ちください、八雲様」

そう言って一度膝の上に八雲を乗せて腕を緩めた炯が、突然何の躊躇いもなく着物の帯を緩め始めて、八雲はぎょっとした。

「ちょ……っ炯！　な、何して……！」

「床が汚れておりますので」

八雲の力ない手をすり抜けて手際よく着物を肩から滑らせた炯があっという間に襦袢《じゅばん》姿になる。

八雲は努めてそれを見ないように俯いて、きつく目を瞑った。

「お待たせ致しました」

全身を硬直させて蹲っていた八雲の肩を撫でて、炯が囁く。

八雲が思わず竦み上がって顔を上げると、床の上に炯の着物が丁寧に敷かれていた。

「どうぞ、この上に」

「あ、……ありがとう……。でも、炯の着物が汚れちゃう、ね」

炯の腕で丁寧に着物の上に降ろされながら、八雲は自分の体の変化を悟られないように不自然に身をもじつかせた。

「八雲様の体をお守りするためにお役に立てて幸いです」

着物には、まだ炯の体温が残っている気がした。それに、移り香も。

「け、……炯」

着物の上に落ち着くと、そのまま崩れ落ちてもう立ち上がれなくなりそうなほど体に力が入らない。自分の体がまるで、蕩《と》けたチョコレートにでもなってしまったみたいだ。

「はい」

「これって、……ちゃんと元に戻る……ん、だよね？　時間が経てば治まって、普通に……」

離して欲しいと懇願したのは八雲の方なのに、体を支えてくれている炯の腕に捕まったまま離すことができない。

炯も八雲の意を察したように必要最低限八雲の肩を押さえて、様子を窺っている。

「ええ、……おそらくは」

「お、おそらく？」

元に戻らない可能性もあるのか。

八雲が不安に駆られて炯のもう一方の腕も摑むと、何故か炯の方が狼狽えたように肩を揺らした。

「申し訳ありません、正確なことは――……なにぶん八雲様は妖力の強いお方ですので、術に嵌《はま》る深さも一概には申し上げられません」

恐縮して視線を伏せた炯の顔を下から覗きこんで、縋りつく。

体が熱い。早くこの状態から逃れたい。

首を傾けて覗き込んだ八雲に、炯が驚いて身を引いた。その両腕を押さえて押し迫る。

薄い襦袢一枚で隔てられた炯の体温が伝わってきて、八雲の体がますます火照っていく。弾む息を炯の唇に掠めるように顔を寄せる。

「術を解く方法は、何かないの？　僕、なんでもするから……」

八雲が哀願するように尋ねると、炯が小さく喉を鳴らした。

「術を解く方法は、――……その、大変申し上げにくいことですが」

珍しく、炯が言い淀《よど》んだ。

透き通った低い声を聞き漏らすまいとして八雲がさらに身を擦り寄せる。

自分の着けている服が肌を擦るだけで妙な気になるのに、炯の体にまで素肌を押し付けたがっているようで、八雲は自分でも頭がどうかしてしまったのではないかと思った。

これじゃまるで八雲を押し倒した肉吸いと変わらない。

自分の浅ましい欲を炯に擦りつけるなんて。

炯は主人である八雲のことを拒むこともできないのに。

「術を解くには、……八雲様を悩ませている劣情を満たして差し上げるのが一番かと」

「っ！」

言い難《にく》そうに視線を逸らした炯の言葉を聞いて、八雲は弾かれたように炯から離れた。

劣情を満たす。

そう聞いて、反射的に怖くなった。

目の前の炯が、じゃない。

炯に淫《みだ》らな行いを強いようとする自分の中の欲望が。

どくどくと耳の傍で強く心臓が脈打っている。それを炯の心音のように錯覚すると、炯の逞しい胸に強く抱きとめられる自分を妄想して八雲は震えた。

悪い妖怪を容赦なく切り裂いてしまえる炯の爪が八雲の衣服を剝ぎ取り、このはしたない肢体を組み敷いて無理矢理にでも貫いてくれたら——なんて一瞬でも考えてしまう自分に、ぞっとした。

炯は八雲を守ってくれようとして必死なのに。

妖怪の術にはまっているとはいえ、こんなに優しい炯にそんな想像を抱くこと自体侮辱的だ。

「ぁ、……炯、やっぱり僕、……ひとりに、して」

劣情を満たすなら、一人でもできる。

八雲は下唇を嚙んで俯くと、炯に敷いてもらった着物の上で体を回転させ背中を向けた。

「八雲様」

妖怪にこういう本能があるのかは知らないけど、炯だって男ならわかるだろう。

神社の拝殿でそんなことを——と思うと罰当たりな気もするけど、今はそんなことも言っていられない。

これは仕方ないんだ。仕方ないことなんだと言い聞かせながらでも自分を慰めなければ治まりようがない。

背後で炯が静かに立ち上がった気配がした。

鬼火に照らされた炯の影が八雲の目の前に伸びる。

今までこんなふうになったことがないからどれくらいの時間が必要なのかもわからない。炯のことだから真面目《まじめ》に拝殿の傍で待っていてくれるかもしれない。八雲の行為が終わるまで。それもいたたまれないけど。

八雲は張り詰めた下肢を隠して擦り合わせた膝の上で握った拳に、ぎゅっと力をこめた。

その時、背後からの影が大きくなった。

「?!」

反射的に振り返ると、その肩を炯が押さえる。

「炯、……っ何、」

一度確かに立ち上がったはずの炯は八雲の体に背後から腕を回し、覆いかぶさっていた。

炯の腕の力は弱く、振りほどこうと思えば振りほどけたかもしれない。だけど、優しく抱きすくめられただけでゾクゾクと背筋をわななかせた八雲には身を捩ることしかできなかった。

「八雲様、お許し下さい」

耳のすぐ裏で炯の声が響く。

それだけで甲高い声をあげそうになって、八雲は歯噛みした。

「どうか、目を瞑って――ご自身の感覚にのみご集中下さい。私の手ではなくどなたか、別の方のお姿を思い浮かべて」

思い詰めたような炯の声がしたかと思うと、炯の白い腕が八雲の脇腹を撫で、腰をまさぐって腿の間に下りてきた。

「！　炯……っや、待っ……」

「私の手だとは思わず、どうか」

痛いくらいに張り詰めたジーンズの中央を開いた炯の手が、八雲の既に濡れた下着に触れる。

自身のもので汚してしまった下肢なんて、見られるだけでも恥ずかしいのに。それを恥ずかしいと思えば思うほど八雲は全身をのたうたせるように仰け反って、炯の胸に上体を預けながら断続的に痙攣した。

「ぁ、あ……っあっ、あっ、あ、嫌ぁ、っ炯」

はしたなくなったそれを炯の手から遠ざけなければいけないのに腰がビクンビクンと跳ねて、まるで押し付けるように浮いてしまう。

緊張して抑制の効かなくなった八雲の体を強く抱きしめながら、炯は濡れた下着の上に指先をぬるぬると滑らせていく。

屹立《きつりつ》したものに指を這わせ、先端を転がすように撫でては背面をあやすように掻きあげる。そのたびに八雲は泣き声にも似た嬌声《きょうせい》をしゃくりあげて、炯の襦袢の袖にしがみついた。

「炯、やだ……っだめ、だめ……っ！　そんな、したら、ぁ……っ僕、も、だめ……っ！」

炯の手が八雲の蜜《みつ》で汚れていく。まだ触れられて間もないのにすぐに糸を引くような水音をたてて、快感も増していくばかりだ。

ただでさえ他人に触れられたことのない場所を、こんな状態で炯に触れられているなんてそれだけで気が遠くなる。

八雲は仰け反って頬を押し付けた炯の胸にいやいやと首を振りながら、無意識に揺らめいてしまう自分の腰を恥じた。

「八雲様、我慢なさらないで下さい。私の不浄の手ではありますが、どうか」

不浄の手なんかじゃない。

炯の手は、八雲を守ってくれる強くて優しい手だ。

他の誰かの顔なんて、思い浮かべられるわけもない。

八雲は涙に濡れた眼をうっすらと開いて、炯の顔を仰いだ。

炯もまた、八雲の顔を見下ろしてくれている。

自分が今どんな顔をしているのかわからない。情欲に蕩けて紅潮し、だらしない表情を晒しているのだろう。こんな淫らな自分を炯に見せたくないと思うのに、見つめ返されるとそれ自体が愛撫《あいぶ》であるかのようにも感じた。

「炯、……」

呼吸が乱れて、口の中に溜まった唾液を飲み下すこともできない。

八雲は炯の名前を呼ぶ自分の声がひどく甘えた、舌足らずなものになっていることに気付いて一度口を噤んだ。

「はい、八雲様」

背中を丸めて頭を垂れた炯が、優しく答える。いつも聞いているよりも低くて、甘く、濡れているように聞こえた。

八雲は襦袢を握り締めていた腕を離すと、知らず炯の首に回していた。首を下げた炯が、そうするように促したような、そんな気がした。

「炯、……お願い。直接、さわって」

首を伸ばして、引き寄せた烱の唇に口吻ける。

烱は長い睫毛を伏せて、それを受け止めてくれた。


「ぃあ、……っゃぁ、もう、烱……烱っ、もう、だめ、ぇえ……っ！」

床に敷いた烱の着物は、もう何度も噴き上げた八雲の蜜でぐっしょりと濡れてしまっていた。

その上に横たわった八雲が執拗《しつよう》に身を捩らせるものだから、皺《しわ》になって、白濁したものが水溜《みずたま》りのようになっているところもある。

八雲は前を開いたシャツの裾を自分で口に押し込んではしたない声を抑えようと試みたが、もうずっと失敗に終わっている。弛緩《しかん》してしまりのなくなった唇に銜《くわ》えたシャツは唾液に濡れるだけで、何の意味もなしてない。

「八雲様、どうぞ御足を」

汚してしまうからといってジーンズと下着を脱いだ八雲の下肢はあらわになって、烱の眼下に開かれている。

達しても達しても衰えることを知らない八雲の屹立を掌で慰める烱の襦袢にも飛沫《しぶき》は何度も飛び散り、合わせ目から覗いた首筋や、頬にまで点々と滴がのぼっていた。

烱は痙攣のたびに床を蹴る八雲の細い足をそっと押さえると、自身の肩に乗せた。

「ひぁ、烱、烱……っ、はずかし、っ……恥ずかしい、よぉ……っ！　こんなの、」

羞恥《しゅうち》で体の熱が上がるほど、体が敏感になっていく。

八雲は掌で自分の顔を隠しながらも、炯に開かれた下肢を自ら揺らめかして快楽を貪《むさぼ》るのを止められなかった。

炯に触れられた性器も、炯の着物に擦れる腰も背中も、絶頂に達すれば達するほど焦《じ》れったい甘美な疼きが生まれてくる。

「ご辛抱下さい。……お怒りは後で、如何様にも」

怒ってるんじゃない、恥ずかしいんだと言っても炯には伝わらないだろう。

八雲は生真面目な炯の顔を叩いてやりたいような気持ちを抱きながら、顔を逸らしてシャツの裾を噛んだ。

濡れた炯の手が八雲の反り返ったものを根元から撫で上げ、先端と付け根を同時にクリクリと刺激し始める。

「ンぁ……っああ、あっ……！　炯、だめ、だめ……っそれ、いや、あ……っぁあ、あ――……っ！」

ぶるっと体にわななきが走って、床から背中が浮く。

炯の掌が包み込むように先端を握ってくちゅくちゅと愛撫されると、白濁の蜜が泡立つように炯の指の間から漏れ出てきた。

「は、っんぅ……！　ア、あっ……あ、だめ、だめ出ちゃう、っ炯……僕、また――……っ」

逃げを打つように身を捩った八雲の腰を、炯が押さえる。それでなくても片足を担ぎ上げられた八雲は体の自由が効かないのに。

「どうぞ、気をお遣《や》りください。ああ、唇をそんなに噛んではなりません」

ビクンビクンと手の中で跳ねる八雲のものを握りながら、炯がふと視線を上げて八雲の顔を窺った。気付くと八雲は上り詰める快楽に耐えられず下唇を噛んでしまっていたようだ。噛むなと言われても、簡単にはどうにもできない。全身が自分の思うようにならなくて泣きじゃくっているような有様なのに。

「八雲様」

「ぁ、あ——……っ出ちゃう、炯……っ僕、出ちゃ、ぁ、あっ……んぅ、ァ、は……っ！」

容赦のない炯の手に腰を揺らめかせながら啜り泣く八雲の唇に、炯が近付いてきた。下唇に歯形がつくほど噛み締めてしまっているせいだろう。炯はそっと唇を押し当てるように口吻けたあと、八雲が少し口元を緩めると顔の向きを変えてもう一度、唇を重ねた。

「ん、ふ……っ炯、ぁ……炯、炯……っ」

八雲は体の上に覆いかぶさってきた炯の背中に腕を回すと無意識に舌を伸ばして炯の口内を欲しがった。

担ぎ上げられた方の腿が腹について下肢がますますあらわになっても、気にならない。

炯の唇は甘くて、八雲は夢中でちゅうちゅうと音を立てて吸い上げた。

「炯、……炯ごめんね、僕——……っ」

炯の背中に回した手の一方で、炯の頰を撫でる。八雲の放った精を浴びた肌を拭うつもりだったが、一度触れると我慢できなくなってきた。

ずっと触れてみたかった。

炯の滑らかな白い肌は吸い付くように肌理細《きめこま》やかで、うっとりするほど気持ちがいい。

「八雲様が気に病むことはありません。どうか、そんな顔をなさらないで下さい」

鼻先をすり寄せるような距離で囁いた炯の唇に唾液が糸を引いている。それを見ると八雲はまた唇が恋しくなって、炯の唇を啄《つい》ばんだ。短く吸って離れると、今度は炯から下唇の嚙み跡を舐め取られる。

「でも、……でも、僕……っ」

こんなに体がはしたなくなってしまっているのは、妖怪の術のせいだ。炯だってそう思っているだろう。だから嫌な顔ひとつ見せず、こんなことに手を貸してくれている。

だけど、炯の唇に口吻けられると体の芯《しん》が震えてたまらない気持ちになってしまうのは、術のせいではない気がする。

キスをすればするほど炯の手を汚す蜜が溢れて止まらないのは、既に術が解けていたとしてもそうなってしまうんじゃないかという気がする。

炯は八雲がそんなはしたない主人だなんて露ほども思ってないだろう。

罪悪感で、胸が締め付けられる。

「ん、ぁ……っぁあ……っ！　炯、ぁ、イっちゃ、イっちゃう……っ！」

下唇をぺろぺろと舐められながら下肢の手を素早く上下に扱《しご》かれると、八雲は炯の背中にしがみついて目を瞠った。

全身が快楽に絡め取られて、炯の肩の上の足先まで緊張が走る。

快楽に顔を歪めた八雲に額をあわせた炯が、詰めた熱い息を吐き出した。その吐息を吸い取って、不器用にキスを仕掛ける。炯は口内の牙で八雲を傷つけないようにしながら強く貪り返してくれた。

「ンん――……っ、ン、ぅ……ッは、ぁ……あ、あ――……っ！」

どくんっ、と大きく体が震える。その瞬間、炯の手の中にびゅくびゅくと勢いよく噴きつけた劣情が指の隙間から零れ出て八雲の体の上にも、炯の襦袢の腰にも飛び散った。

「ぁ、……あっ……ふぁ、あ……っ」

大量に吐き出した後も八雲の体は断続的に何度も痙攣を繰り返し、震えるたびに炯の手の中に残滓《ざんし》を吐き出していく。

達するたびに、もうこれで全部術を吐き出しただろうと思うほど深い快楽に体が浚《さら》われていくようだ。

今回も、さすがにこれでお終《しま》いだろうというほどの大きな波を感じた。それに炯と唇を繋いだままの絶頂は八雲の幸福感を溺《おぼ》れるくらいに満たし、これ以上の快感なんてないだろうと思える。

――それなのに。

「……ぁ、ふ……っ」

残滓を拭い取ろうとする炯の指先がわずかに動くと、八雲は首を反らして身悶えた。

「八雲様」

炯が、八雲を窺う。

八雲は慌てて顔を隠した。

こんなんじゃ、きりがない。

この拝殿に入ってから、もう一時間は経っただろうか。炯の手で八雲はおびただしい量の精を吐き出し、何度も何度もみっともない声をあげながら腰を揺らめかせて達している。

もう体中の水分がすべてそれになっているんじゃないかというぐらい、止《と》め処《ど》ない。

八雲の脳裏を、炯を襲ったミイラの群れが過ぎった。

それこそ体中の水分がすべて精液になって搾り取られたら干上がってミイラになってしまうのも当然だ。肉吸いの能力というのはそもそも、そういう術なのだろう。

つまり、ただ劣情を満たせば治まるかと思っていたけどそうじゃない。

体に水分が残っている限り、この劣情は尽きることがないのかもしれない——そう思わせるのには充分なほど、八雲の体は未だに冷めることを知らない。

「八雲様？」

自分もあのミイラのように干乾びてしまうのか。

そう思うと、ぞっとして体が震えた。

他の妖怪ではなく炯の手にかかってそうなるのならまだ救いようがあるだろうか。でも、あんな醜いミイラの姿を炯に見られるのは嫌だ。

八雲は衰えることなく更なる快楽を求めて起ち上がった下肢を押し隠すように体を丸めながら、尻《じり》に涙を滲ませた。

「——ご安心下さい」

すると、炯が八雲の不安を見透かしたように囁いて小さくなった肩を抱いた。

不思議と、そうされているだけで気持ちが落ち着いてくるような暖かい胸だ。

炯は八雲の背中を抱き上げて体を起こすと、まだ脱力したままの八雲を膝の上に乗せた。

「炯……？」

ともすれば弛緩した体が崩れ落ちそうになるのを炯の胸に凭《もた》れさせて、八雲は間近の顔を見下ろした。その額に、唇が降りてくる。

「炯がついております。……私は八雲様の忠実なる下僕。私のすべては、貴方様のものでございます」

熱っぽく朦朧とした頭に、炯の夢のような優しい言葉が沁《し》みこんでくる。

うん、と小さく肯いただろうか。定かじゃない。

ただ八雲が炯の背中に腕を回したその時、八雲の体を支えた炯の手が、背後を探った。

「……っ、ぁ」

ビクンと大きく震え上がって、八雲は炯の顔を仰いだ。

しかしその顔を確認するまもなく唇を塞がれる。舌を差し入れられ、口内に溜まった唾液を舐《ねぶ》り取られるように掻き乱されると思考回路が蕩けていく。

背後に這った炯の掌が双丘の谷間を滑り降り、八雲の粘膜があらわになった箇所を舐めるように撫でた。

「ん、ふ……っんぅ、う……っぃあ、……っ炯、ぁ、んぅ――……っ」

濡れた指先にくちゅくちゅと窄まりを暴かれるように撫でられて八雲は首を振ったが、その唇を追われて塞がれ、目蓋を閉じてしまう。

肉吸いの妖しい術ではないけど、炯の唾液もまるで媚薬《びやく》が混ぜられているかのように甘く、八雲を惑わせる。

いつも真摯《しんし》に八雲に跪いている炯が、それに比べると強引とも思えるくらい執拗に口吻けを求めてくるというだけでも八雲の気持ちを高揚させた。

「ぁ、……っん、ぅン、ん――……っふぁ、あ、っあ……！」

しかしその指先がぬるり、と窄まりの中に割って入ってくると八雲は上体を捩って、仰け反った。

「ぁ、や……っ炯、指が、っ中に……っ！」

そんなところに指が入ってきてしまったことよりも、入ってきた瞬間、言いようのない快感が電流のように八雲の体を駆け上がったことにびっくりした。

屹立を撫でられるのとは違う、内側で感じる刺激は八雲の体の芯で燻《くすぶ》り続ける熱を直接弄《いじ》られるようだ。

「八雲様」

心なしか炯の声が切なく、苦しげに聞こえた。

八雲が仰け反ったせいで離れてしまった唇を首筋に埋めて、炯が熱い息を弾ませる。

「今暫く、ご辛抱下さい。……どのようなお咎めも受けますので」

まるで懺悔《ざんげ》でもするような声で告げる炯の指が優しく、八雲の肉襞《ひだ》を解《ほぐ》していく。

八雲自身の蜜を塗りつけ、過敏な粘膜を傷つけてしまわないようにと丁寧に指の腹でちゅくちゅくと掻き撫でる。

「ひぁ、――……ぁ、あ、っ炯、やだ、だめ……っなんか、んぁ、あ……っそれ、それだめぇっ」

下肢から突き上げてくる今まで経験のないざわめきに八雲はひときわ高い声をあげて、炯の頭を胸に抱きこんだ。

背後で炯が指を蠢《うごめ》かせるたびに濡れた音が漏れるのを聞くと、まるで自分が女の体にでもなったかのような錯覚を覚えた。

あんなにたくさん精を噴き上げて、これ以上はしたないことなんてないと思っていたのに。炯の指が自分の体をゆっくり出入りし始めると、もっと淫らになっていく自分を感じる。

「ぁ、あ――……っ炯、炯……っ変に、変になりそう……っ！　僕、そこ……っ！」

抗いきれずに腰をくねらせながら、八雲は炯の白銀の髪に顔を埋めて涙を零した。

こんなみっともない姿を晒して、もしこれから先助かったとしても炯は八雲を軽蔑《けいべつ》するかもしれない。それならいっそこのままミイラ化するまで炯の手で辱められるのもいい。そうすれば、炯も八雲に見切りをつけやすいだろう。

「八雲様、私に触れて欲しい箇所がおありでしたら仰って下さい。そのように致します」

しがみついた頭を炯が仰がせると、泣きじゃくる八雲の顳先に吸い付いた。

さっきまでは苦しそうだったのに、今は炯の唇が少し微笑んでいるように感じた。八雲は唾液と涙で濡れた唇を炯のそれに押し付けて、何度もちゅっちゅっと音を立てて吸い上げた。

「炯、……炯」

「はい、八雲様。炯は此方に」

八雲の背後を緩やかに撫で上げながら炯が優しく微笑むと、まるで胸が押し潰されそうに苦しくなる。

八雲は震える唇をぎゅっと噤んで、しゃくりあげた。

「炯……っ、もっと中、さわって……っ！　もっといっぱい、僕の中、」

こんなことを言えば嫌われるかもしれない。蔑《さげす》まれるかもしれないのに、目をぎゅっと瞑った八雲は甘えた声でそう求めていた。

目蓋を閉じるとぼろぼろ零れてくる涙を、炯の唇が吸い上げる。そうされると余計に涙が溢れてきた。

「畏まりました」

自分の吐く息すら火傷《やけど》しそうに熱くて喘ぐ八雲の唇を啄ばんで、しかし炯はそう言いながら背後に埋めた指を引き抜いてしまった。

「ぁ、……っ炯？」

淫らな主人に嫌気が差してしまったのだろうか。

濡れた肉を満たしていた炯の指が失われると、八雲は目を開いて炯の顔を見下ろした。

赤く煌《きらめ》くルビーのような炯の瞳が、八雲を見つめていた。双眸を細めて八雲の頬を撫でた炯が、八雲の腰の下で身動ぐ。

襦袢の前を開き、八雲の腰を抱きなおして吐息を寄せる。八雲は、嫌われたわけではないのかと安堵する一方で何も言わない炯の表情を窺った。

は、と短く炯が息を吐いた。

濡れた唇が開いて、舌が覗く。八雲がそれに誘われるように唇を吸い寄せようとした時――背後に、炯の熱が触れた。

「……っ、」

体が竦んで、瞠目《どうもく》する。

指先で解されてぬかるんだそこに押し付けられた熱は驚くほど反り返っていて、八雲の双丘を打っように脈打っている。

「炯、――」

思わずあげた声が、掠れる。

炯は肉吸いの術に罹っているわけではないのに。双丘の谷間に沿うように屹立したものが、いつからこうなっているのか知らない。八雲はにわかにドキドキしてきて、知らず喉を鳴らした。

「八雲様、――下僕のご無礼を、お許し下さい」

絞り出すような声で炯が呟いた。

そんなことを言っても、炯が八雲の嫌がることをしたためしはない。

手の甲に口吻けられたのだって、少しも嫌じゃなかった。驚いたし、ドキドキはしたけれど――八雲は炯に求められることが嬉しかった。だから。

「ぁ、――……っ！　ぁ、あ……っひぁ、入っ……ンぁ、あ、っ……！」

硬くなった炯の劣情が八雲の肉襞を押し拡げながら入ってきても、八雲は強く炯にしがみついて離れなかった。

「っ、八雲様……！」

きっと、炯も苦しいのだろう。事前に指で解されたとはいえ拡げられた経験のないところに分身を挿入しようというのだから、窮屈に違いない。

八雲を助けてくれようとする炯にできるだけ負担をかけたくないと思うのに、どうしたらいいかわからない。

下肢の力を抜こうとしても、そこに意識を集中するだけでひとりでに収縮してしまって、うまくできない。

「ふぁ、あっ……炯、ごめんっ……僕、上手に、できな……くて、っ」

炯の頭にしがみつくように抱きついて、八雲は息を詰めた。

こんなに炯が苦しそうにしているのに、まだ少しも屹立をのみ込むことができていないのに、背後が炯の先端に吸い付いているだけでまた達してしまいそうな自分の体を恥じた。

少し腰を揺らめかせて、濡れた窄まりを炯の尖りにちゅくちゅくと擦り付ける。すると甘美な痺れが脳天を甘く蕩けさせて、八雲の前からとろとろと蜜が溢れてきた。

汁を零せばミイラ化してしまうかもしれないのに、快楽に心を支配されて、腰を止められない。

「いいえ、……私には充分過ぎるほどです、八雲様」

低く囁いたかと思うと、炯が不意に八雲の腰を掴んで体勢を変えた。

「ぁ……っ!?」

八雲の視界が反転して、天井を仰ぐ。

再び八雲の体を床に敷いた着物の上に預けた炯が、上体を起こして八雲を見下ろした。

「貴方様が気を遣った分だけ、私のものを注ぎ込んで差し上げましょう。何度でも噴き上げて構いません」

汗ばんだ炯の体から襦袢が解けて、逞しい胸元が覗く。

真剣な面持ちで八雲を見つめた炯がそう言うや否や強引に腰を引き寄せられて、——炯の熱が八雲の体を、貫いた。

「んぁ……っ、あ……あ、っ炯……深、ぁ、あぁ……っ！」

ごりっと深い場所を抉《えぐ》るような凶暴な突き上げに目を見開いて、八雲は呼吸を詰まらせた。

荒々しく押し破られたようでも、痛みより痺れに似た快楽がじわじわ全身に拡がっていく。歯の根が合わなくなるような弛緩と緊張が同時に押し寄せてきて、八雲は力ない手で炯の腕を摑んだ。

「我が主にこのような不埒《ふらち》な行い、どのような罰も受けましょう」

炯の息も荒くなっている。

深々と埋め込んだものを炯が一度引き抜くとそれに絡み付いていた肉襞が逆撫でられて、八雲は悲鳴にも似た嬌声を上げて腹の上に吐精した。それでもまだ、屹立は治まらない。炯を銜え込んだ背後もひとりでにヒクヒクと蠢いて、切なさを増すばかりだ。

「――ですが、どうか八雲様。私の任を解くことだけはお許し下さい」

痙攣して浅い呼吸を繰り返す八雲の体を抱きしめて、炯が絞り出すような声で懇願する。

八雲が炯の役目を解くなんてことは有り得ないのに。方法も知らないし、もし知っていたとしてもそんなことしたいと思うはずがない。むしろ、炯のほうから八雲を見限らないで欲しいと思ってばかりだ。

そう伝えたくても一度引いた腰を炯が勢いよく突き上げてくるたびに頭が真っ白になって、八雲は搔き抱くように炯の背中に腕を回した。

最初のうちこそ強引に押し開かれるようだった下肢が、二度三度と炯が抽挿するとしとどに解けて淫らな音をたてはじめる。

八雲の快感も深くなって、炯が身動ぐだけで全身を緊張させて達してしまうようになった。

「ひぁ、あ――……っ炯、……炯、すごい、……っ僕、おかし……っ気持ちい、っ炯の……炯、もっとして、もっと……っ！」

八雲の中の窮屈さが解けてくると炯の腰の動きが激しさを帯び、静かな拝殿に荒々しい吐息と水音、肉のぶつかり合う音が響いた。

着物の上でずり上がらないようにと八雲の体を強く押さえこみ、それと矛盾するような強い力で炯が滅茶苦茶《めちゃくちゃ》に突き上げてくる。脳天まで炯の性器に串刺しにされるような淫蕩《いんとう》な衝撃に、八雲は時折、意識が途切れるようになってきた。

腹の上の屹立は相変わらず天を向いて、蛇口の壊れた水道のように蜜を零し続けている。

炯にどこを触れられても何を囁かれても、吐息を感じるだけで達してしまうくらいに体が敏感になっている。

「ぁ――……っあ、炯……っ炯、僕も……っ、炯、僕のこと嫌いに、ならないで、お願い、……っだから……！」

何度も頭の中が白く瞬いて、目の前の炯の顔が見えなくなる。

炯は苦しそうに息を弾ませながらも、八雲がそう訴えると微かに笑って、汗で額に貼りついた髪を撫でてくれた。

「もちろんです。……可愛い主を、嫌うことなどできるはずがありません」

髪を撫で避けてあらわにした額に、炯が唇を寄せる。

「炯、……っ本当……に？」

「ええ、誓って」

意識が朦朧として、炯にしがみついている手にも力が入らない。

八雲が手をぱたりと床に落とすと、炯がそれを握り締めた。指を絡めて、その場に拘束される。

「私はずっと貴方様のものです、八雲様――……」

一方の腕で八雲の腰を抱え上げた炯が、緊張に歪む顔を伏せる。

八雲の中に深々と埋められた炯の分身が、質量を増したような気がした。

「ぁ……っあ、あ……っ炯、……っ」

体が熱い。炯と繋がった場所から燃え広がって、焼け付きそうだ。

怖いくらいに熱くなって体は逃げを打つのに、不思議と恐ろしさはなかった。八雲の意志を非情に奪って掻き乱していく快楽にも、もう恐怖はない。

八雲の手を握り締めた炯の力が強くなる。八雲もそれをできる限り強く握り返した。

「――ぅ、あ……っあ、八雲様……！」

くぐもった声で炯が呻《うめ》く。

その瞬間、八雲の中の炯がどくんと大きく跳ね――熱が爆《は》ぜた。

「ひぁ、っ……――ぁ、……あ、っぁあ、炯……っ熱、……っ噴きつけ、てっ」

尖ったもので執拗に捏《こ》ねられ、穿《うが》たれた八雲の最奥《さいおう》にマグマのような熱い飛沫がどくどくと注ぎ込まれる。

八雲の体を抱きしめて硬直した炯は、断続的に腰を震わせながら一滴残らず自分のものを主人の中に絞り出そうとするかのように息を詰めていた。

「ふぁ、あ……っぁあ、すご……炯、……炯、ぃい……っ！」

おびただしい量の精を体の奥に浴びて、八雲は何度も炯の名前を呼びながらゆっくりとその腕の中で意識を手放した。

「お早う御座います、八雲様」

翌朝、自宅のベッドで目を覚まして八雲はしばらく静止した。

深い眠りから気持ち良く起きることができた、寝覚めのいい朝だ。

既に開け放たれたカーテンからは真新しい太陽の光が降り注ぎ、八雲の部屋を照らしている。小鳥は今日も東京の狭い空を元気に飛び回って、朝の訪れを告げていた。

状況が全く飲み込めない。

ベッドに寝ている八雲を見下ろした炯はいつもと同じ白い着物姿で、洗濯物を干している。今手に持っているのは、八雲の下着だ。

炯は橘家の当主に代々仕えてきた妖狐で、八雲を主だと言ってきたが、家事をして世話を焼くことなど今までなかった。

「炯、――……一体、何をしてるの？」

何がどうして、怜悧で落ち着き払った頼もしい妖狐である炯がそんなことをしなくてはいけないのか。

八雲はおそるおそる尋ねながら身を起こそうとして、驚くほど自分の体が重いことに気付いた。

「！」

思い出した。

昨日、八雲は見知らぬ神社の拝殿で普通じゃないくらい淫らに乱れて、炯の手で何度も絶頂し、こともあろうに炯と繋がりその精を貪ったんだった。

気を失うまで何度もあられもない言葉で欲しがって――その後のことは、覚えていない。

「八雲様、ご無理をなさらないで下さい。まだ、昨日の疲れが」

言われるまでもなくベッドに倒れ込んだ八雲は、炯の顔を見るのが気恥ずかしくて薄い肌掛布団を鼻の上までかぶった。

どうやら、ミイラにはならずに済んだようだ。

体は疲労して鉛のように重い以外、なんともない。尽きることがないかと思われた劣情も、すっかり鳴りを潜めている。

肉吸いの術を何とか回避できたということなのか、あるいは——炯のものを代わりに注ぎ込まれたからなのかは、わからない。

「……」

かっと体が熱くなってきて、八雲は更に深く布団に潜り込んだ。

とても炯に合わせる顔がない。

あんなに浅ましく腰をくねらせて、はしたない汁を何度も噴き上げるなんて。

思い出したくもないような、忘れたいというわけでもないような。正直、複雑な気分だ。

「勝手な真似をして申し訳ありません」

布団に潜った八雲の様子を窺うように、炯の気遣わしげな声が降ってきた。

少しだけ布団から視線を覗かせると、炯は洗濯物を干し終えたようでベッドの八雲を見下ろしていた。

「自分の着物を洗う際、八雲様のお着物も一緒に……と思い。ご不快でしたでしょうか」

今にも膝をついて頭を垂れそうな炯の様子は、昨日の行為などまるでなかったかのようだ。

炯にしてみたら、あんなことは妖怪を退けるのと同じくらい何の意味もないことなのかもしれない。自身の性器を八雲の中に突き入れて、悪い妖怪の術を押し出す。それくらいのことだったのかもしれない。そもそも八雲があんなに身も世もなく乱れてしまったのだって、術のせいなのだから。

たぶん、術のせいなのだと思う。

「……ううん。ちょっとびっくりしただけだよ。ありがとう」

それでも布団から顔を半分以上出すことができないまま八雲が首を振ると、炯が双眸を細めて枕の上の八雲の髪に手を伸ばした。

さらり、と炯の指先が八雲の髪を撫でた。

そういえば、あんなに噴き上げた蜜に濡れそぼった体のあちこちも綺麗に洗い上げられているようだ。炯がお風呂にでも入れてくれたのだろうか。

ますます顔が熱くなってくる。

「お体の具合は如何《いかが》ですか？」

このタイミングでそれを聞かないでほしい。

八雲は歯噛みするような気持ちで炯を睨みつけたが、どうもそれは伝わらなかったようだ。炯は微笑んだまま、八雲のベッドの脇に膝をつく。

「大、……丈夫、だけど」

しどろもどろになった八雲の言葉に、続きを促すように炯が小さく肯く。

大体、どうして一晩経ったのにそんな格好をしているのかわからない。いつもは夜になれば管狐《くだぎつね》の姿に戻って、朝には八雲の枕元に寝ているのが日常だったのに。

八雲が汚してしまった着物を洗ったり八雲の体を綺麗にしたりするために必要だったのかもしれないけど、どうしてもその姿を見ていると八雲は恥ずかしくなってしまう。

だって今髪を撫でている細長い指先は、昨日八雲の背後をいやらしく解きほぐしたものと同じ指で。ドキドキするなという方が無理だ。

「あの、……炯。何で、その格好なの？」

髪を撫でる炯の手が、ピタリと止まった。

「あっ、ご……ごめん、気を悪くしないで欲しいんだけど、なんていうかその……ち、ちょっと昨日のことがあって、は、恥ずかしい……っていう、か」

八雲は慌てて取り繕うように言葉を重ねると、重い体を無理矢理引き起こして炯に向き直った。

大体どんな姿であっても炯が炯であることに変わりはないんだから、狐の姿だから気兼ねなく抱きつけるとか人間だからそうできないとか、そんなのは八雲の一方的な都合だ。もしかしたら炯にとっては、どんな姿の時でも八雲が抱きついてきても特に構わないと思っているのかもしれない。

もしそう思っていたら、やっぱり恥ずかしいけど。

「実は、八雲様。私も昨晩から何度も試みたのですが――……」

声が沈んだような気がして、八雲ははっとした。

やっぱり自分が失礼なことを言って炯のことを傷つけてしまっただろうか。慌ててベッドに落ちた炯の手を摑む。

「ご、ごめ――」

「元の姿に、戻れなくなってしまいました」

謝ろうとした八雲の声に、炯の冷静な声が重なる。

八雲は、目を瞬かせて炯のあまり大きく表情の変わらない顔を見つめた。

「……え？」

元の姿に戻れない？

心の中で復唱してみるが、いまいち何を言っているか理解できない。

狐の姿に戻れないということ？　そんなことがあるのだろうか。

妖力が足りなくて人間の姿を保てない、というのならわかるけど。

炯の手を両手で握ったままぽかんとした八雲に見つめられて、炯はひどくばつが悪そうに視線を彷徨わせた。

「恐らく――……昨日の行為で、八雲様の妖力を大量に頂戴し過ぎたためでしょう。私の中で妖力が暴走していて、変化が解けないのです」

そう言って炯は頭を下げたが、そんなの、炯のせいじゃない。

むしろ、八雲のせいだ。

効率のいい妖力の分け方なんてあるのかなと言っていた矢先に、こんな形で知ることになるなんて思ってなかった。

セックスをすれば、たくさんの妖力を分けることができるなんて。

かーっと体が熱くなっていくのを感じる。

「大変申し訳ありません。妖力が尽きるまでは、しばらくこの姿でお傍に置いて頂けたらと存じます」

相変わらず炯は落ち着いた口調で言ったけど、八雲は恥ずかしくて目眩を起こしそうだった。

「人間の着物というものは、思っていたよりも窮屈なものですね」

大学に向かう道すがら、八雲の隣には洋服に身を包んだ炯の姿があった。

最初は八雲が持っている中で一番大きい服を薦めてみたけど、どんなにゆったりした服を選んでみてもパンツの丈ばかりはどうにもならなくて結局、駅前のお店で新しい服を買った。

狐の姿ならともかく、人間の炯はとにかく目立つ。

ただ八雲以外の人の目にも見えるというだけではなくて、まるでショーモデルのような均整のとれた体と長身はどんな人混みの中でも注目を浴びた。

それに何よりもひときわ目立つ銀髪と、それが似合ってしまうぐらいよく整った顔。

八雲は炯と一緒に表を歩いてみてはじめて、炯がとんでもない美形なんだということを実感した。

「大丈夫？　動きづらい？」

炯の体に合うものをと試着してから買ったグレーのカットソーと黒のパンツは、シンプルだけど炯によく似合っている。

今までずっと白い着物姿しか見たことがなかったから、まるで別人みたいだ。

「いえ、不慣れなだけで。お気遣い有難う御座います」

「いいえ、どういたしまして」

八雲は肩を竦めて笑って、炯のぶんの電車の切符を買った。

こうして炯と一緒に通学できるなんて、なんだか変な気分だ。

妖力が尽きるのを待たなければいけないならなるべく一緒にいないほうがいいのかと尋ねると、炯は難しい顔をした。

いつどこで八雲を――八雲の持っている妖力を――狙ってくる妖怪が現れるかも知れない。もしまた駆けつけるのが遅くなれば――と言われれば、とても炯を置いて一人で大学に行く気にはなれなかった。

「炯、電車は初めてだよね」

切符をここに入れるんだよと自動改札を指して説明すると、炯は八雲から受け取った切符で口元を押さえて笑った。

「この姿では初めてですが、以前管狐の状態では八雲様と一緒に、幾度か」

「！」

かあっと顔が熱くなる。

炯は人間としての生活をしたことがないからとばかり思っていたけど、八雲の肩の上に乗って電車に乗ったこともあれば、ゼミに同席したこともある。

それでなくても八雲より長生きなのだし、炯が賢いのも知ってる。

都会に出てきて日が浅いのは八雲も炯も同じだし、八雲が知っていて炯が知らないことなんて実はあまりないのかもしれない。

お兄さんぶってしたり顔をしたことが急に恥ずかしくなって、八雲は慌てて改札を抜けた。その背中を、炯が追ってくる。

「八雲様、あまり私から離れないで下さい」

「わ、……わかってるよ。ほら、電車が来そうだったから」

言い訳がましくホームを指すと、ちょうど電車が滑りこんでくるところだった。

炯が目を瞬かせて、納得したように肯く。

「これは、失礼致しました。でもあまり急に走られては困ります。人間界で私の頼れる方は、貴方様しかいらっしゃらないのですから」

長身を屈めて八雲の顔を覗きこんだ炯が優しく微笑むと、八雲の顔にのぼった熱がますます高くなった。

今度は恥ずかしさじゃなくて、照れくささで。

だって電車を待ってホームに並んでいた人たち——特に主に女性——はみんな、炯を見ている。炯が、目が離せなくなるくらい美しい容貌をしているからだろう。

だけど、その炯が見つめているのは八雲一人だけだ。

それは八雲が橘家の人間で、妖力が強いからだという、それだけの理由に他ならないのだけど。

でも、なんだかちょっと嬉しくて、胸が暖かくなる。

「……うん、ごめんなさい」

にこりと笑った炯を伴って、電車に乗り込む。

八雲がなかなか起き上がれなかったせいですっかり時間の遅くなった正午前の電車は空《す》いていた。

珍しく授業を休んだ八雲を心配して中路や田宮からメールが来ていて、シートに座ると八雲はその返信に努めた。

炯は八雲の前に立って、黙って車窓を眺めている。

炯がただの人間だったら、きっと八雲とは接点のない運命だったかもしれない。

もし同じ電車に乗り合わせることがあっても「あの人すごく綺麗だな」なんて八雲も遠くから眺めているだけだっただろう。

それなのに今は一緒にいて、傍にいて離れるななんて言って、――昨日は、あんなに激しく求め合ったりして。

「……！」

脳裏に再び淫らな記憶が浮かんできて、八雲は思わず携帯電話に顔を伏せた。

もうすっかり術は解けたつもりだけど、うっかり気を抜いたら昨日のことを思い出して悶々としてきてしまいそうだ。もしかしたらまだ術の名残でもあるのだろうか。それとも、昨日のことは術とは関係ない劣情もあったのか。

八雲は慌てて首を振った。

そんなこと、考えちゃいけない。

炯は八雲を助けてくれようとしてあんなことまでしてくれたのに。もしあれがただの八雲の劣情だったら、炯を騙していたことになってしまう。

でも――。

ふと、八雲は背後に擦り寄せられた炯の焼けつくような熱を思い出した。

炯は術にかかっていなかったはずなのに。

それなのに、炯は下肢をあんなに熱くさせていた。あれは、炯自身の欲望ではなかっただろうか。

「八雲様？」

「ひゃあっ！」

突然炯に声をかけられて、八雲は思わず裏返った声を上げてしまった。一瞬で、冷や汗がどっと噴き出してきた。

「……電車が、到着致しました」

驚いた表情を浮かべた炯が、開いたドアを示す。八雲は慌てて席を立ち上がった。

はしたない回想をしている間に大学に着いてしまったようだ。恥ずかしくて、消え入りたい。自分がそんなに色ボケした人間だとは思わなかった。

原因はともあれ初めての快楽を貪ったのだからこんなものかもしれないけどと思いつつも、なかなか隣の炯の顔が仰げない。

炯はたぶん、なんとも思ってないのに。

「あ、きたきた！　八雲くーん！」

大学の正門を過ぎると、講義棟三階の窓から中路の声が響いた。さっき電車の中で、もうすぐ着くという連絡をしたから待っていてくれたんだろう。

手を掲げようとして声を振り仰ぐと、中路はきょとんとした顔で八雲を見下ろしていた。その傍らに立っている田宮も。

一瞬なにごとかと思って、すぐに理解した。炯だ。

「……炯、中路さんたちのことは知ってるよね？」

「はい」

一歩後ろを歩く炯を振り返って八雲が声をかけると、頭上で中路の黄色い声が聞こえた。何を言ってるかまではわからないが、すぐに中路の声に誘われた他の女の子たちも窓から顔を覗かせる。

八雲は少し、炯を大学まで連れてきたことを後悔し始めていた。

炯がきゃあきゃあ言われるのは、なんだか嬉しくない。

「炯のことは、田舎の友達、ってことにするから」

実家で家族付き合いのある友達で、東京見学に来た——という設定が無難なところだろう。

それならいつ炯が狐の姿に戻っても田舎に帰ったということにできるし、また人間の姿になっても違和感はない。

昨日のようなことでもない限り、妖力がまた暴走するなんてないだろうけど。

「畏まりました」

炯はお安い御用だというように肯く。けど。

「だから、その口調。……田舎の友達が敬語なんて使わないよね!?」

「ですが、八雲様」

「八雲様、は禁止」

小声で注意していると、頭上の窓から中路の姿が消えていた。

八雲を迎えに来る——という名目で、炯を間近に見に来るんだろう。それまでに、打ち合わせを済ませておかなければ。

本当は電車の中でしておくべき会話だったのかもしれないけど、八雲が悶々としていたせいで遅くなってしまった。

「と、とにかく普通にしててよ」

ランチタイムを控えてキャンパスに行き交う学生たちが、みんな炯を見ている。

八雲はなんだかもやもやする気持ちを抑えて、唇を尖らせた。すると、炯は八雲の胸の内を知ってか知らずか双眸を細めて微笑んで、緩やかに腰を折った――だから、それがいけないというのに。

「わかりました、……八雲」

再び顔を上げた炯に初めてそう呼ばれると八雲は思わず胸を高鳴らせて、講義棟から飛び出してきた中路の顔をしばらく振り返れなかった。


お昼時に来たのは間違いだったかもしれない。

とはいえ八雲を囲んでいるのはいつも中路と一緒にいる友達数人くらいのものだけど、学食に集まった生徒はみんな一度は炯を振り返っている。

「八雲くんの田舎ってどこだっけ？　こんな美形いたら目立つでしょ！」

中でもひときわ身を乗り出して、今にも炯の腕を握りそうな中路は声を弾ませている。

田宮はというと、女子に追いやられてテーブルの端で不機嫌そうに頬杖をついていた。

「え、何人？　何人とのハーフ？」

銀髪は地毛だなんて炯が言ったものだから、いつの間にかハーフだということになってるし。

外国人でもこんなに立派な銀髪はなかなか見たことがない。そもそも炯は色素が薄くて、目も赤い。

ハーフというよりアルビノと言ったほうが良かったかもしれない。

「ねえねえ、何歳？」

「みなさんより、少し長生きですね」

炯は、突然人間の女子に囲まれても平然としている。

何が「少し長生き」だ。橘家初代当主って、何百年前の話だよと思いながら八雲は一人で食堂のパスタを頬張った。

なんだか、面白くない。

今まで、炯は八雲一人にしか見えてなかった。

最初の神社では中路も田宮にも見えていたようだけど、その記憶は炯自身が消してしまった。

それ以降は人間の姿で誰にも会っていないし、狐の姿は見えてなかった。

みんな今まで炯が八雲の肩に乗っていても気付きもしなかったくせに。

八雲だって、妖力がなければ炯の存在を知ることもなかったんだろうけど、なんか、嫌だ。

「八雲。よく嚙んで食べて下さい」

女の子たちに囲まれた炯を見ていたくなくて口いっぱいにパスタを頬張った八雲に、炯が自分の前のコップを差し出した。

炯はみんなには昼食は済ませてきたと言って、水だけ飲んでいた。その水もあまり口にしていない。

やたらと味の感じないパスタを水で流し込んでいる八雲と違って。

「……うん」

無意識のうちに自棄《やけ》食いするような食べ方をしていた自分を恥じて、八雲はばつの悪い思いで炯を見た。

なんだか今日は自分が自分じゃなくなったみたいに、胸がもやもやする。

朝はそんなことがなかったのに。

烔がずっと人間でいるなんて初めてのことだから、もっと楽しいかと思っていた。妙に意識しすぎているのかもしれない。

「ねえねえ、八雲くんと烔さんってどういう関係なの？」

俯いた八雲とそれを見つめる烔の間に割って入るように、中路が顔を覗かせた。

「関係、と申しますと」

「なんかさ、お兄さんと弟って感じ？　まあ、私もちょっとわかるけど～。八雲くんってちょっと母性本能くすぐるトコあるし」

椅子の背凭れにふんぞり返って腕を組んだ中路が、長い髪を揺らしてしきりに肯く。

周りの女の子たちも笑いながら否定しないし、田宮も背中を向けたまま噴き出している。

「母性本能って……」

それって要するに、頼りないということだろうか。

いまさら中路に男として見てないと言われることにショックを受けることもないけど、子供扱いされているようなのはどうかと思う。

八雲が唇を尖らせていると、烔が首を傾げた。

「お兄さん、……弟……。私と八雲は、そう見えますか？」

「うん、見える見える！　優しいお兄さんーって感じ！」

お兄さんいいなーと黄色い声が上がる中で、炯が噴き出すように口元を押さえた。

珍しく、相好を崩すと言っていいくらいに目尻が下がる。なんだか、嬉しそうだ。

「だそうですよ、八雲」

日に透ける白銀の髪を揺らして炯は言ったけど、八雲は差し出されたコップの水を飲んで答えなかった。

兄弟と言われて、炯は嬉しいんだろうか。

八雲はあまり、喜べなかった。

自分が主人だなんて思い上がりたくないと思ってるし、その器でもない。炯は八雲を守ってくれて、自分にはもったいないくらいだとも思うけど。兄弟は、なんか違う。

だって兄弟は、キスしたりしない。それ以上のことも。

結局、八雲はまだ昨日のことを引きずっているのだ。

だからこんなにもやもやするんだろう。

炯はもう気にもしていないのに。八雲だけが。

「でも私は炯さんみたいなお兄さんは嫌かなー。彼氏がいいなっ」

またパスタを頬張った八雲の隣で、中路が言った。

「！」

思わず咽《むせ》そうになりながら、顔を上げて田宮を見る。田宮は微動だにせずぼんやり窓の外を見ているだけだ。

「ねえねえ炯さんは彼女はいるの？」

中路がとうとう烔の腕に手をかけて、興味津々といったように目を輝かせた。

それにつられて周りの女の子も一斉に固唾《かたず》を呑む。

八雲は慌てて、中路に身を寄せて声を潜めた。

「ちょ、……っちょっと、中路さん！　そういうのやめなよ」

「え？」

八雲の焦った様子に目を瞬かせた中路が目を瞠る。

長い睫毛をぱちぱちと上下させてきょとんとしているが、田宮の心中を思うとちょっと無神経がすぎる。

たしかに中路のちょっと面食いでミーハーなところは今に始まったことじゃないけど、さすがに「彼氏にしたい」は言いすぎじゃないだろうか。田宮がすぐ傍にいるのに。いないところで言っていたらそれはそれで問題だけど。

「なんで？　私、別に田宮と付き合ってるわけじゃないよ？」

「！」

首を傾げた中路に言われて、今度は八雲が目を瞠る番だった。

おそるおそるその視線を田宮に転じると、否定もせずに頬杖をついたままだ。

「あー、私と田宮は出身が同じだから誤解されるけど、そーゆーんじゃないから！」

中路は声を上げて笑って、こともあろうか田宮に同意を求める始末だ。

無邪気に尋ねられたら、田宮も肯くしかないといったふうに応じる。八雲はそれを見ながら、心の中で深く深く田宮に詫びた。

つまりは、田宮の片思いだということか。

この数ヶ月間ほとんど毎日のように二人を見てきたけど、全然気付かなかった。

でも言われてみれば、いつも二人でいる田宮と中路が腕を組んだり手を繋いでいるところは見たことがない。中にはそういうカップルだっているだろうから、気にもしていなかった。

「炯さんはさ、どんな女の子が好みなの？　彼女にするならどんな人？」

中路はもう何でもなかったかのように炯を向いて、話を進めようとする。

八雲の胸が、ざわついた。

中路と田宮が恋人同士でないというなら、中路が炯と交際するということだって絶対にないとは言い切れない。

炯がもし中路を気に入って、妖力が尽きるまでという期間限定でも交際しようと思えば。

あるいは中路と交際したいから妖力が尽きないようにして欲しいと言われたら、八雲は応じるだろうか。

橘家の当主に仕える妖怪だからといって、人間の女性と交際しないとは限らない。

人間と妖怪が契り、半妖が産まれるなんてこともあると妖怪図鑑には書いてあった。

「……」

さっきまで一心不乱に食べていたパスタが、喉を通らない。

皿の中にはあと少ししか残っていないのに、食べる気が起きない。

炯が中路にどう答えるのかが気になって、心臓が凍ったように緊張している。

「好み、というのは特にありません。ですが、もし私の希望を言わせていただけるのであれば――」

全神経が炯の方を向いた耳に集中して、指先が冷えていく。

八雲は自分が呼吸しているのかどうかもわからなくなって、目の前が暗くなってきた。

その時、休憩時間の終了を予告するチャイムが食堂に鳴り響いた。

「！　次、三限。僕、講義だから」

反射的に立ち上がった八雲は、炯の方を見ずに食器の乗ったトレイを持ち上げた。

「八雲。私も一緒に」

「えー、炯さんも行っちゃうの？　ここで八雲くん待ってようよ～」

八雲を追うように立ち上がった炯の腕を中路が摑んで引き止める。

まただ。

また心の中に暗雲が立ち込めたように暗くなって、もやもやする。もしかしたら無理矢理パスタを詰め込んだせいで胸焼けを起こしているのかもしれないと思うくらい、気分が悪くなる。

炯と女の子たちを努めて振り返らないように、八雲は食器を下げに急いだ。

中路はもとより、友達の女の子たちを嫌だと思ったことなんて今まで一度もない。今だって、何をされたわけでもないし嫌いだなんて思わない。

どちらかというと、こんなことでもやもやしている自分に嫌気が差してくる。

「八雲」

中路の手を振り払ったのか知らないけど、やがて炯が八雲の背中を追いかけてきた。

その顔を仰げなくて、八雲は俯いたまま教室に急いだ。

八雲は今、きっとすごく嫌なやつの顔をしてるだろう。

胸が詰まるような嫌な気持ちも大学を出たら治まるかと思っていたけど、少しもそんなことはなかった。

夕飯の材料を買うために立ち寄った駅前のスーパーでも八雲の後をついて歩く炯のことをみんなが振り返る。

なんでだろう。朝は、それが嫌だとは感じなかったのに。

「八雲様、今日のお夕餉《ゆうげ》は私が作りましょう」

昼に食べたパスタがまだ残っているようで、とても食欲がわかない八雲がため息混じりに野菜を物色していると、炯が傍らから手を差し出した。

「え？　炯、……料理なんて、作れるの」

妖怪はご飯を食べなくても平気だっていうくらいなんだから、作ったこともないはずだ。

昔話で人間と結婚した女の妖怪——雪女とか——は人間の食事も作っていたのかもしれないけど、咄嗟に八雲の脳裏に浮かんだのは、石ころや葉っぱを豪勢な食事に化けさせてもてなす狸や狐の所業だった。

もちろん炯がそんなことをするとは思ってないけど、——できるとは思っている。

「八雲様のお口にあうかどうかはわかりませんが」

思わず不審そうな眼を向けてしまっていたかもしれない。

炯は首を竦めて苦笑を浮かべると、八雲の手からそっと買い物かごを取った。

「八雲様はお昼から少しばかりお元気が無いようです。何か精のつくものを見繕いましょう」

当然のように炯が八雲に手を差し出す。

まさかその手を握れとでも言うのだろうか。スーパーに買い物に来た主婦の目がみんなこちらを向いているというのに。

「げ、元気がないって……別にそんなこと、ないよ」

八雲は炯の手に気付かないふりをして顔を逸らすと、食肉売り場に向かった。炯がその後をついてくる。

「恐れながら、もう五時間ばかり浮かない顔をしておられます」

「！」

八雲よりはるかに長い足で悠々と追いついた炯に顔を覗きこまれて、八雲は思わず足を止めた。

「ご、五時間って……」

確かにこんなに気持ちが塞ぐのは正午過ぎにみんなと会ってからだから、五時間にはなる。

でもそんなことを炯はずっと数えていたのだろうか。

「……炯、ちょっとストーカーっぽいよ」

足を止めた八雲が上目遣いに炯を睨みつけると、炯は目を瞬かせて首を傾げた。

「すとーかー……とは、どのような意味でしょうか」

みんなの目を引く長身でスタイルのいい炯が両手で買い物かごを持って尋ねる姿はすごく不釣り合いだけど、なんだか気が抜けるような可愛さがある。

こんなにかっこいい炯を可愛いと思うのは八雲くらいのものだろう。それは、小さな狐の姿を知っているせいかもしれない。

八雲は思わず、噴き出してしまった。

「なんでもない」

大きさなんて全然違うのに。炯はやっぱり炯だ。

狐の姿で買い物かごをくわえている姿を想像すると可愛さが募ってくる。あの大きな狐の姿でそうしていたら、頭をぎゅーっと抱きしめて撫でくりまわしてしまっていたかもしれない。

どうして狐の姿だとそうしたいと思うのに、人間の姿だと気後れしてしまうんだろう。

気後れ、というか――恥ずかしくなってしまう。

「ああ、やっと笑ってくださった」

身を少し屈めて八雲の笑った顔を覗きこんだ炯が、双眸を細めて微笑む。

いつもは冷たくも見えるくらいに整った顔がふと緩むと、あどけないような隙のある顔になる。

人間の姿じゃ、撫でたりできないのに。

一瞬だけそうしたいと思ってしまって、八雲の指先がぴくりと震えた。

「もうっ、いちいち人の顔観察しないでよ……！　ご、ご飯くらい、自分で作るから」

八雲は急に顔が熱くなってきて、炯の手の買い物かごを引いた。

そもそも炯がご飯を食べないのに作らせるなんて、とんでもない。

しかし意外なことに炯は買い物かごを離さなかった。それどころか、八雲の手をやんわりと押さえて、拒んでしまう。

なんとなく、炯は八雲に逆らうようなことはないと思っていたからちょっとびっくりした。

「炯？」

「貴方様のためにお食事を作らせて下さい。お口にあわなければ、そのように仰っていただいて構いません。どうか、一度だけでも」

視線を伏せた炯が、そのままにしておいたらその場に跪いて頭を垂れそうなくらい畏まった口調で言う。

でも、食事を作らせて欲しいなんてそんな大仰に言うようなことじゃないのに。

八雲は目を瞠って、思わず周囲を見回した。

他の人にこんなこと聞かれたら、何事かと思われる。顔が熱くなって、全身から汗が噴き出した。

「な、何……っ、炯が作りたい、ならいいけど……っでも、炯は食べないし、だから、その、っ」

頭を下げさせないように慌てて肩に掌をあてがうと、視線を伏せていた炯が八雲の顔を窺った。

何を狼狽えているのか理解できないというような顔だ。

「貴方様のためにできることを全てして差し上げたいのです。身の回りのことは何でも、私に仰せ下さい」

「っ！」

脳裏に突然昨日の痴情が過って、八雲は弾かれたように炯の肩から手を離した。

薄手のカットソー越しに触れた炯の肩は暖かくて、筋肉質だった。

昨日縋り付いて、爪を立てて啜り泣いた背中を思い出す。

何で今思い出してしまうんだ、と焦れば焦るほど体が羞恥で熱くなって、汗が滲む。

八雲のためにできることは何でも——昨日みたいなことでも？

そんな性欲処理みたいなこと、言うわけがないけど。

「八雲様？」

炯の顔を見ていられなくて背を向けた八雲を訝しがって、炯が背後から顔を覗きこんでくる。

体が触れているわけでもないのに、炯が近くに寄ってくるだけで体温が伝わるようだ。実際のところは、普通じゃないくらい体温が上昇している八雲の熱が炯に伝わってしまっているかもしれないけど。

「……すみません、少し浮かれてしまっているのかもしれません」

背を丸めて炯の視界から顔を伏せた八雲をどんなふうに思ったか知らないけど、炯は小さく息を吐くと声のトーンを落とした。

八雲が嫌がっていると思っただろうか。

慌てて顔を上げて、炯を振り返る。

「こんな姿でもないと、八雲様にお食事を作って差し上げることなどできませんから」

振り仰いだ炯の顔は、微笑んでいた。

はにかむように、まるで気持ちを噛みしめるような嬉しそうな表情で。

その目元が少し赤く色付いて見えたのは、気のせいだろうか。もしかしたら妖狐の力のせいかもしれないけど、八雲にはそれが炯の頬が上気していたように見えた。

「この姿でいられるうちは、この姿でないとできないことを貴方様にして差し上げたいのです」

「……！」

炯は、きっと純粋に主人に対する奉仕のつもりで言ってるんだろう。

けど――八雲の頭の中は、昨日のことでいっぱいだ。

心臓が破裂しそうなくらいドキドキして、でもそれを炯に悟られたくなくて、呼吸が浅くなる。

人間体じゃないとできないこと――炯はたぶん、そんなつもりで言ってるんじゃないのに！

「八雲様？」

我に返ると、言葉を失った八雲の顔を炯が間近で覗き込んでいた。

「っ、近い！」

反射的にその体を押し退けて、慌てて踵を返す。

周囲の視線も気になるけど、それ以上にこの熱くなった顔を炯に向けていられなかった。

「八雲様、お待ちください。私から離れないでくださいと、あれほど」

「わ、わかったからそんな大きな声でそんなこと言わないで！」

周りの主婦っぽい人たちが何事かと注目しているのがわかる。

八雲は慌てて炯を振り返って、その口を塞いでしまおうと腕を伸ばしかけて――やめた。

ドキドキしすぎて触れられないし、少し離れて落ち着こうとしても離れるなって言われるし。どうしたらいいのかまったく困ってしまう。

「八雲様の仰せの通りに致します。……ですから、どうかお世話を焼かせて下さい」

振り返った八雲の顔を見つめた炯が、胸に掌を伏せて恭しく腰を折る。

何より八雲が一番困ってるのは、炯にこんなことを言われて胸が締め付けられるみたいに嬉しくなってしまう自分自身の反応だ。

胸が苦しいといっても昼間みたいな嫌な気持ちじゃない。

人間の姿をしていて誰の眼にも見えている炯が、他の誰でもなく八雲だけを見つめてくれている。

それがこんなにも嬉しいなんて。

「八雲様、お夕餉は何に致しましょう」

空の買い物かごを持ち直して掲げてみせる炯の笑顔を見上げる。

五時間もの間八雲が笑えなかった理由が他愛もないヤキモチだったなんて知ったら、炯はどう思うだろう。

困るか、戸惑うか、それともそんなことでしたかと言って笑うだろうか。

とてもそんな恥ずかしいこと、言えないけど。

「お肉が食べたい！」

八雲は自分の中に芽生えた独占欲を振り払うように声を上げて、炯の持った買い物かごを引いた。

校内では八雲と炯、中路と田宮の四人で行動を共にすることが常になっていた。

最初のうちは田宮が気を悪くするのじゃないかと八雲は冷や冷やしていたけど、だからといってどうすることもできない。

炯は八雲から離れたがらないし、中路は炯から離れたがらない。だからといって田宮も中路と距離を置くつもりはないようだ。

人の気持ちというのは本当にままならないものだ。

田宮が時折見せる切なげな表情に八雲はまるで自分のことのように胸を苦しくさせていた。自分にはこんな苦しい片思いの経験がないから、余計に。

しかしある時中路が席を外した隙に田宮から「気にするな」と言われてひどく驚いた。

「あいつのメンクイなんて今に始まったことじゃねーし。付き合い長いんだから、今更だよ」

そういう田宮だって、八雲から見たら充分すぎるくらいかっこいいのに。

「炯があいつの気持ちを利用してひでーことするようなやつだったら話は別だけど」

「炯はそんなことしないよ」

「わーかってるって」

八雲の後ろに立った炯自身よりも先に否定すると田宮がブハッと噴き出した。

「あいつが毎日バカみたいに笑えてりゃそれでいいかなーって。ある意味悟っちゃってんだよね、俺」

ひとしきり笑った田宮が、中路の行った方に視線を向けて穏やかな表情を浮かべる。

その視線には熱情のような恋を経た先の、中路という一人の人間を包み込む大きな愛を感じた。

と、八雲の視界の端で烔が大きく肯くのが見えた。

思わず、振り返る。

「愛した人の幸福を純粋に願うこと、それこそが人間の尊い営みでございます」

一瞬目を丸くした田宮が、また盛大に噴き出した。

「ちょ、何ソレ。大袈裟《おおげさ》すぎ！　そんな大したもんじゃねーから！」

腹を抱えて笑いながら田宮が「マジうける」と烔の肩を叩く。

烔の言葉は大仰で、顔が熱くなるようなものかもしれないけど。

八雲は神妙に肯いた。

「でも、烔の言う通りだよ。僕は恋愛とかよくわからないけど、山宮くんの気持ちこそが本当の愛情って感じがする。独占欲とかじゃなくて、相手を思いやる気持ちっていうか」

「出た～！　ピュアネスやくもん！　ちょっと勘弁して⁉　恥《は》ずいから！」

八雲の語尾を掻き消すような大きな声で喚いた田宮が、烔と八雲の首を両腕に抱いて引き寄せる。

伏せられた田宮の顔は、間近に見ると赤く染まっていた。

「……まーでも、サンキューな。お前らが友達で、良かったわ」

烔と額がぶつかりそうなくらいきつく抱き寄せられた中央で、ぼつりと田宮が呟く。

なんだか、八雲の顔も熱くなってきた。

友達にこんなふうに感謝されるなんて、すごく幸せだ。

嬉しくなってふと視線を上げると、首に田宮の腕をかけた烔と目があった。

息のこもるような近い距離で目配《めくば》せしあって、お互い照れくさそうに笑う。

八雲と炯の間に共通の友達ができるなんてことも、人間体でなかったら叶《かな》わなかったことだ。最初の頃はヤキモチだらけだったけど、今となってはこれもいいかなって思える。

炯はいつか、また狐の姿に戻ってしまうかもしれないけど。

「田宮！」

レポートを提出に行っていた中路が、階段を駆けてきた。

あたりは教務室の扉が立ち並んでいる。あまり大きな声を上げてはいけない場所だけど、血相を変えた中路の様子を見ると八雲も田宮もそんなことは言えなかった。

「どうした、レポートなくしでもしたのか？」

炯と八雲を解放した田宮が、携帯電話を握り締めた中路を振り返る。

中路は息を切らして駆けてくると、黙って首を振る。

手にはレポートを持っていないし、提出は無事に済んだのだろう。だけど中路の視線は落ち着きがなく、眉間《みけん》の皺が震えている。

「ないの、……どうしよう。なくしちゃった」

「中路さん、何なくしたの？」

レポートではないとしたら、財布か何か。

八雲が田宮の後ろから顔を覗かせると、中路は黙って手に握りしめた携帯電話を掲げた。田宮がそれを窺って、手に取る。

中路のビジューにデコレーションされた携帯電話には、切れた紐がぶら下がっているだけだった。

「は？　マジか。いつまであった？」

「わかんない、朝家を出る時は多分あったと思うんだけど……」

田宮と中路はわかりあえているようだ。

中路が引き攣った頬を掌で擦って、眉《まゆ》を顰《ひそ》める。泣きそうになるのを堪えているように見えた。

そんなに大切なものだったのだろうか。こんな中路の様子を見るのは、初めてだ。

「ストラップ？」

八雲が遠慮がちに声をかけると、中路が初めて八雲と炯の存在を思い出したように顔を上げて、小さく肯いた。

「それは、どのようなものですか？」

「うん、……すごい地味な、瓢簞《ひょうたん》の形のストラップなの。赤くて、ガラスでできた……。ずっと付けてたから、紐が切れちゃったみたいで」

中路の声が沈んでいる。

確かに中路の携帯電話には派手《はで》なケースに似つかわしくない民芸品のようなストラップがひとつだけついていた。八雲はそう言われてみて初めて思い出せる程度だったけど。

八雲はすぐに足元に視線を伏せて、あたりを見回した。

リノリウムの床は隅の方に綿埃が見られるものの、ものが落ちている様子はない。少なくとも、八雲の目が届く範囲では。

「今日中路さんが行ったところ、全部回ってこようか？」

教室や食堂や、構内にある購買も。

まだ昼過ぎだし、中路の立ち寄った場所もそんなに多くはない。

八雲が踵を返そうとすると炯もそれに従った。すると、廊下の向こうから中路と同じようにレポートを提出しに来た友人の姿が見えた。

「中路もうレポート出したの？　早っ」

「先生いた～？」

ヒールの音を響かせてやってくる友達に顔を上げた中路の表情が揺らいで、ぎこちなく笑みを浮かべる。

その中路を庇《かば》うかのように一歩前に出た田宮が、手に持った携帯電話を揺らした。

「なー、あのさ。中路のストラップどっかで……」

「田宮、いいって！」

尋ねかけた田宮の腕を、中路が慌てて引いた。

「でも、中路さん」

探すならみんなに聞いたほうが早い。

八雲も田宮と同じ考えだ。

だけど中路は強張った笑みを浮かべて、首を揺らすように左右に振った。

「いいよ、そんな大袈裟にしないで。別に、ただのストラップだし」

「でもお前、あれ……」

田宮が言いかけると、中路がそれを視線で制した。

傍まで来た友人たちが事情が飲み込めずきょとんとしていると、それに気付いた中路は大きな身振りで手を振った。

「なーんでもない、いいのいいの！　気にしないで！」

でもその表情は、少しも平気そうには見えない。

八雲は田宮と視線を合わせると、眉を顰めた。

「ほら、もうゼミ始まっちゃうよ？　行こ行こ」

空元気のような明るい声を張り上げた中路が、廊下を駆け出す。

「おい、中路」

田宮がそれに続いた。

あとに残された八雲はその後姿をしばらく眺めていてから、傍らの炯を仰いだ。

炯は八雲の顔を見下ろすと、小さく首を傾げて微笑んでみせた。


ゼミの間中、中路の心はここにあらずといったふうだった。

八雲を挟んで反対隣に座った炯は興味深そうに教授の話に耳を傾けている。

中路は手元に携帯電話を置いて、切れたストラップの紐を弄っていた。

やっぱり今すぐストラップを探しに行きたいのではないだろうか。

中路がこんなに消沈している姿を今まで見たことがない。なくしたものは、きっとすごく大切なものだったんだろう。

でも中路自身、いつの時点からそれを見ていないかもわからないという。もしかしたら満員電車でちぎれてしまったのかもしれないと言われたら、もう探しようがなかった。

ゼミが終わったら田宮と相談して、何か似た形のストラップを買いに行こうか。

中路の思い出がそれで取り戻せるわけじゃないけど、新しい思い出にはなれるかもしれない。

八雲は中路の暗い横顔をそっと盗み見た。田宮もずっと落ち着かない様子でペンを回している。

「八雲様」

その時、真剣に教授の話を聞いていたはずの炯がそっと八雲を呼んだ。

振り向くと、炯の手元に小さな紙の人形が立っていた。

「！」

ぎょっとして、思わず周囲を見回す。

紙の人形は和紙をただ切り取っただけのような薄っぺらいものなのにしっかり自分の足で立っていて、まるで意識を持った生き物かのように炯の手元で揺れている。

一見して、妖かしの術であることはわかる。だけどそれ自体は紙だから、人にも見えてしまうだろう。

「炯！」

小声で注意して、八雲は慌ててその紙の人形に手を伸ばした。

掌で塞いで隠そうとした瞬間、もう一つ人形が机の上に這い上がってきた。

何体こんな人形を作ったのか――炯を諌《いさ》めようとして口を開いた時、後から来た人形が赤いものを持っていることに気付いた。

「見つかりましたね」

炯が、小さく呟く。

見つかった？　何が。

自分の体の大きさの半分ほどもあるものを運んできた人形はそこかしこにタイヤの跡をつけて、薄汚れている。しかししっかりした足取りでそれを炯の手元まで持ってくると、突然ひらりと風に舞うようにただの紙切れに戻った。

「炯、これ……！」

驚きで、潜めるまでもなく声が掠れる。

炯の手元に戻ってきたそれは、中路がなくしたという赤い瓢箪のストラップだった。

「すみません。どうしても中路様の様子が気にかかったもので、式神を使役致しました。勝手をお許し下さい」

独特な形の紙に切り目を入れただけの人形を摘み上げると、炯がぽっと指先で燃やす。

教室は火気厳禁だ、などと注意する気にもならなかった。

「炯、……式神なんて使えるの」

おそらく大学に来るまでの途中で落としてしまったのだろうストラップは、泥がはねて汚れていた。

炯がそれを拭いながら、はにかむように肯く。

「まだ若輩者ですので、探しものをさせる程度のことしかできませんが。今は妖力が満ちておりますので、多少使役しても大丈夫かと。……こちらでお間違いないでしょうか」

炯の掌に乗せられたストラップは、確かに見覚えのあるものだ。

それを確認しながら、八雲の脳裏にはさっき見たばかりの自在に動き回る式神の姿が心から離れなかった。

あれを、見たことがある。

つい最近じゃない。もっと、小さい頃に。

咽るような草いきれと暗い空、ざわざわと不穏な音をあげて八雲を怖がらせる夜風の中で、八雲はあの人形を見た。

八雲は小さい時から、たぶん今も、村の山奥に入ってはいけないと言われているのに。どうして暗い山の中の景色がこんなに鮮明に思い出せるんだろう。

夢の中で見た景色じゃない。実際に感じたことがある。匂いも、心細さも、肌寒さも、人形を見た時の安心感も。

「ねえ、烔。さっきの式神をもう一度——」

もう一度見たら、何か思い出せるかもしれない。

八雲が烔にそう頼み込もうとした時、テキストを勢いよく閉じた教授がゼミの終了を合図した。


「これ、烔くんが探してきてくれたの?! ありがとう……!」

ストラップを受け取った中路は震える手で口元を覆いながら、涙ぐんだ。

「本当はとても大事なものなのでしょう。こちらを手にしてみてわかりました。ずいぶんと小さな頃から大事にしてたらしたんですね」

傷だらけのストラップは拭《ふ》いても拭いても、表面についた細かい傷で曇っていた。

それは中路が長い間大事にしてきた証拠だ、と炯は言った。

ひとつの物に愛情をこめて使い続ければ、それはやがて妖かしとなって持ち主を守ってくれるだろう、とも。

「うん、……本当はこれ、初めてケータイ買った時にお婆ちゃんが買ってくれたやつで……。お婆ちゃん去年亡くなっちゃったから、本当はどうしようって、不安で……」

声を震わせた中路が、ついに背中を震わせて大粒の涙を零し始めた。

その事情を知っていたのだろう田宮もほっとした様子で中路の背中を撫でている。

「貴女《あなた》はお友達のことも同じくらい大切に思っているから、大丈夫だと言ってしまったんですね。優しい人です」

炯がいつもの調子で微笑むと、それを涙を浮かべた目で見上げた中路が一瞬の間の後、顔を伏せて嗚咽《おえつ》し始めた。

その中路を取り囲んだ友人たちも涙ぐみ始めて、事情を知らない他の学生たちが何事かとこちらを窺いながら講義室を出て行く。

八雲は中路の大切なものが見つかって良かったという安堵感も覚えながら、しかしさっき見た式神の姿が頭にこびりついて離れなかった。

炯がさっきまで座っていた机の上には、風が吹いたら消えてしまうほどの細かい消し炭の跡が残っている。

「――……、」

八雲は泣きじゃくる中路を遠巻きに眺めながら、その燃え滓《かす》を指先に取った。

あれを八雲はいつどこで見たんだろう。

思い出そうとすると胸が締め付けられるように苦しくなって、八雲は煤《すす》で黒く汚れた指をぎゅっと握った。

忘れてはいけないことを忘れている気がする。

びゅうびゅうと鳴くような風の音と、暗がりの中から八雲を見つめている人ではないものの眼。

八雲は山の中をあてもなく彷徨いながら、必死に何かを叫んでいた。

会いたい、恋しい、心細い、寂しい。

その時感じた強い気持ちだけが胸に突き上げてきて、八雲はなんだか泣きそうになってきた。

八雲は運動も得意ではなかったし、怖いことだって嫌いだった。過保護な両親の言うことを破ったことなんて一度もなかったけど、――あの時だけは違った。

怒る両親のもとを飛び出して、八雲は真っ暗な山に駆け込んだんだった。

その人に会うために。

その人がいつもどこにいるのかも知らないのに。

いつも八雲に会いに来てくれたその人に会えなくなるのが嫌で、会いたくて、会いたくて、八雲は泣きながら夜中の山を彷徨っていた。

野犬も妖怪も怖くなかった。その人に会えなくなることに比べたら――

「八雲」

「！」

いつの間にか八雲の顔を心配そうに覗き込んでいた炯が、身を屈めて視線を合わせていた。

「どうかしましたか？」

煤で汚れた八雲の手に気付くと炯は、自分の手が汚れることも厭《いと》わずに掌で丁寧に払ってくれる。

その優しい掌を、八雲はずっと昔から知っているような気がした。

「炯」

はい、と顔を上げた炯のルビーのように赤い瞳を知っていた。神社で出会う以前から。

八雲は今にも霞《かす》んでしまいそうに頼りない記憶を丁寧に確かめるように、慎重に言った。

「僕はあの式神を昔にも見たことがあるよね？　炯のことを、子供の頃から知ってる。……そうだよね？」

物心ついた頃には、その人は八雲の傍にいた。

姿が見えるのは八雲が子供のうちだけだ、とその人は思っていただろう。母の手が離せない時もその人がいつも傍にいてくれたから、八雲はよく「手のかからない子供だった」と母に言われた。

八雲が立ち上がり、話ができるようになってもその人は八雲の世界からいなくならなかった。

八雲はその人がいつも一緒にいるのが当然だったけど、他の人には見えてないようだ、ということもなんとなくわかった。だけどそれがどうしてなのかはわからなかった。

橘家は憑きもの筋の家だったから、八雲は小さい頃から山や川には近付いてはいけないと強く言いつけられていた。だから山や川に遊びに出かける友達とは遊べなくて、八雲はいつも家の庭で一人で遊んでいた。

そうするといつもどこからともなくその人が遊びに来て、八雲は日が暮れるまで毎日一緒に遊んだ。

それでも村の幼稚園に通えるようになって他の子供たちが山でどんな遊びをしているのかを聞くようになると、八雲が他の子供たちと同じ世界が見たいと思うようになるのは仕方のないことだった。

村で生まれ育った父も山に入ったことがないのかと祖母に尋ねると、「八雲は特別だ」という。

どうして自分だけが他の子供と同じように山や川で遊べないのかがわからなくて、誰もそれに答えてくれないことも不満だった。

「炯、ぼくも山にいきたい」

ある時八雲が泣きながら訴えると、その人はしばらく困ったように言葉を失ってしまった。

「どうして、ぼくだけ山であそべないの？　みんな、ぼくだけダメっていう」

「八雲様は、特別な子ですから」

胸にぎゅうっとしがみついた八雲の頭を撫でながら、その人も家族と同じことを言う。

「どうして？　どうしてぼくだけとくべつなの？」

涙に濡れた顔を上げて縋ると、八雲の柔らかい頬を傷つけないようにその人の柔らかい掌がそっと涙を押さえるように拭った。

日に透けて白く輝く髪が揺れて、眩しくて八雲は目を瞑った。

その顔を胸に抱きしめたその人の手が、八雲の小さい背中をぽんぽんとあやす。

「八雲様には私がお見えになるのでしょう。それは、八雲様の特別な才能なのです。八雲様の力を欲しがるものが、山や川にはたくさんいます。みんな、貴方様に意地悪をしたくて言っているのではありませんよ。大切だから、言っておられるのです」

「……炯も？」

小さい八雲を膝の上に乗せてゆらゆらと揺らしてあやしたその人の顔をもう一度見上げると、家族の誰とも違う夕焼けみたいに赤い目が瞬いた。

「え？」

「炯も、ぼくの力がほしいの？」

八雲の力を狙うものがいるのは、何も山や川の中だけじゃないことは知っている。

たまに野にも現れるし、それらから守ってくれているのがこの狐の姿をした炯だっていうことも知っている。

炯はまっすぐ向けられた八雲の問いかけに困ってしまったように苦笑を浮かべると、逡巡の後、小さく肯いた。

「私も、八雲様のお力がなくては碌《ろく》に働くこともできません。初代様との契約だけで生き永らえているのにも限度があります。ですから、貴方様のお力があるからこそ今こうして貴方様をお守りすることができるのです」

まだ赤ん坊だった頃の八雲を狙いに来たおどろおどろしい妖怪を、白く輝く狐がぼろぼろになりながら守ってくれたことを八雲は鮮明に覚えていた。

だから、炯の腕の中にいればいつも安心した。

暖かくて優しくて、炯のことが大好きだった。

八雲が短い腕を回してぎゅっと抱きつくと、炯も大切な宝物を包み込むようにして抱き返してくれた。

「私にも貴方様の力が必要です。でもそれ以上に、誰よりも貴方様のことを大切に思っているのです」

八雲は自分自身の持っている力なんてよくわからなかったけど、炯が必要なら全部あげてもいい。

そんなことを言ったら炯がまた困った顔をしてしまうかもしれないけど。

八雲は炯の胸に顔を埋めて、大きく息を吸い込んだ。

炯はお日様の匂いがした。それからさわやかな緑の匂いがする。

いつも八雲が屋敷に一人でいると、炯はやってくる。でも、八雲のほうから炯に会いに行くことはできない。炯がどこにいるのかを知らないから。でも、炯は山の中で暮らしているのかもしれなかった。

「じゃあ、炯といっしょなら山にいける？」

「え？」

名案を閃いて八雲が体を離すと炯が狼狽えたのがわかった。

炯の膝から飛び降りて、白い着物の袖を摑む。

「ねえ、炯といっしょならいってもいいでしょ？　炯がいれば、こわいことないでしょ？　ぼく、山にいってみたいんだ！」

炯と一緒なら、いつも安心だった。

だって炯は誰よりも強くて、いつも八雲を守ってくれたから。

八雲が無邪気にそう言うと、炯はしばらく弱りきったように額を押さえていてから――やがて観念したように、腰を上げた。

そうして八雲は、炯と一緒に山や川を巡るようになった。

幼稚園のみんなが話しているような山の中腹にある大きな木の洞も、川にいる魚の群れも、八雲は炯に連れて行ってもらって初めて見ることができた。

それに、他の誰も行ったことがないような高い山の上も、狐の姿に変化した炯の背中に摑まっていればひとっとびで行くことができた。

両親や祖母が心配するように山の中には悪い妖怪の気配をたくさん感じたけど、炯と一緒なら誰も近付いてこなかった。

いつも屋敷の庭でしか遊んでいなかった八雲はたくさんのキラキラした世界が広がって、それを炯と一緒に体験できることに浮かれていた。

今にして思えば、炯も喜んでくれていたんだろう。

二人は毎日のように山や川にでかけて、日が暮れるまで遊んだ。

炯のスピードなら遠くの山に夕陽が差し掛かったのを見てから屋敷に戻ってもまだ明るいうちに帰れたし、その頃になると八雲はすっかりくたびれてしまって、いつも縁側で炯の膝に凭れて眠るのが大好きだった。

　こんな毎日が大人になっても毎日続けばいいなと思っていたし、炯もそう思ってくれていたと思う。ある時、真っ青な顔をした母親が八雲を叱り付けるまでは。

「八雲、山に入ってはいけないと言ったでしょう？　どうしてお母さんの言うことが聞けないの」

　悪いのは、八雲だ。

　その日は山で小鳥の雛《ひな》が孵《かえ》るのを見て、感動するくらい可愛かったから、それをつい母に話してしまった。

　山に行くはずのない八雲が山に行ったことも、──一緒に行ったというともだちが他の誰にも見えないことも、母の気持ちを混乱させたんだろう。

「ごめんなさい。……でも炯といっしょだから、だいじょうぶだとおもって」

「何が大丈夫なものですか！　それも妖怪なんでしょう？」

「炯はやさしい妖怪だよ！」

　唇まで血の気を失くした母が、唇を震わせて顔を覆う。

　父も八雲の味方をしてくれる気はないようだった。今にも倒れそうな母の肩を抱いて、険しい表情を浮かべている。

「八雲。婆ちゃんの怪談話をいつも聞いているだろう？　妖怪は、悪い妖怪じゃなくても平気で人間を殺してしまえたりできるんだ。炯はいつもは優しいかもしれない。でも、いつ八雲を食べたくなるかはわからないよ」

「炯はそんなことしないよ！」

父も母も、炯の姿が見えればきっとその優しさがわかるのに。

どうして八雲にしか見えないんだろう。

焦れったくて悲しくて、泣きたくなってくる。

「今日八雲は山で可愛い雛鳥を見てきたと言っただろう？　でも、八雲はチキンカレーだって美味しいと言って食べるよね。僕たちと妖怪は、そういう関係なんだ。炯は僕たちよりもずっと長生きしている妖怪だ。とても賢いし、八雲のような子供を騙すことだって簡単にできてしまうかもしれないよ」

言い含めるような父の言葉に、八雲はぎこちなく首を振った。

炯が八雲を騙すなんてことは絶対にない。

悪い妖怪をあっという間にやっつけてしまう炯が、八雲のことだけはあんなに優しく撫でてくれるのに。

大好きな炯を、どうして誰も信じてくれないのかわからない。

炯はずっと昔から八雲の家の人を守ってきたと言っていた。それなのに、どうして父が炯を信じてくれないのか。

「炯は、……そんなことしないもん」

「八雲、お願い。もう妖怪なんかと一緒に遊ばないでちょうだい」

母の啜り泣く声が食卓に響く。

温和な父のそんな険しい表情を見たのも初めてだった。

八雲は、全身がぶるぶると震えてくるのを感じていた。

「お義母さんも八雲に言ってやって下さい。妖怪なんかと親しくするもんじゃないって――」

母が、黙っている祖母を振り向いて応援を求める。八雲は、弾かれたように立ち上がった。

「妖怪なんかじゃないもん！　炯は、……炯は、ぼくの大切なともだちなんだよ！」

「八雲！」

気付くと、八雲は屋敷を飛び出していた。

背後から悲鳴のような母の声が追ってきていたけど夢中で駆けた。

無性に炯に会いたかった。

炯の優しい腕にぎゅっと抱きしめられて、大丈夫ですよとひとこと言ってもらえれば、それだけで安心できると思った。

炯は八雲を騙したりしないし、他の妖怪とは違う。

もし炯が八雲を食べてしまいたいと思うなら今までだっていくらでも機会はあったし、でも炯は少しもそんな素振りを見せなかった。炯はいつも、八雲を守ることだけを考えてくれているのに。

「炯！　……どこにいるの、炯！　ぼくだよ！　炯、会いにきたんだ、炯」

いつも炯と山に遊びに行く時に入り口にしている神社の参道を抜け、獣道に入る。八雲はすっかり息が切れていたけど、精一杯声を張り上げて炯の名前を呼んだ。

炯がいつもどこにいるのかは知らない。

山にきたけど、炯はいないかもしれない。

でも他に、炯のいそうなところはわからなかった。

夜風がびゅうと吹いて、頭上の木々を大袈裟に揺らしていく。

昼間のキラキラした雰囲気とはまるで違う山の様子に初めて気付いて、八雲はぎゅっと自分の肩を抱いた。

「……！」

「烔、……どこにいるの？　烔。ぼくだよ」

もしかしたら烔は、今日一緒に見た雛鳥のところにいるかもしれない。

三羽孵った雛鳥の中で、一羽だけ元気のないのがいたから烔は少し心配していた。

様子を見に行っているかもしれないと思うと、八雲は一度止まりかけた足を思い切って踏み出すことができた。

雛鳥の巣のある場所は、山の頂上に近いところにあって少し遠いけど、そこに烔がいるかもしれないと思えば頑張れる。

八雲は拳を強く握って気合を入れると、烔と一緒に歩いた道を登り始めた。

烔に会いたい。

両親はもう会うななんて言うけど、そもそも姿が見えないんだから、烔が狐の姿で八雲に会いに来たら両親にはわからないんじゃないだろうか。

だけど八雲が烔と話していたら気付かれてしまう。両親に隠れて烔と遊ばなければいけないなんて、嫌だ。

両親にも烔が見えたら、一緒に遊べるかもしれないのに。

烔は両親よりも祖母よりも長生きしているから、古い数え歌なんかも教えてくれる。みんなで歌えたら、きっと楽しいのに。

八雲は泣き声のように響く夜風の音や、遠くに感じる野犬の恐怖を紛らわすように数え歌を口ずさみながら目的地を目指した。烔がそこにいると信じて疑ってなかった。

今はすごく怖い思いをしていても、烔に会えば全部忘れられる。だから、怖い思いをすることも大丈夫。

八雲は自分を奮い立たせるように目いっぱい大きな歩幅で山道を急いだ。

数え歌を歌っていると息が切れる。でも、歌っていれば烔が一緒にいてくれるような気になった。

「――……橘の子だ」

「！」

夜風の音にまぎれて、低い唸り声が聞こえた気がした。

思わず、数え歌を呑み込む。

足を止めて辺りを見回しても、誰もいない。登ってきた道も見えなくなるくらい真っ暗で、背後には村の明かりが遠くに見えた。気付くと結構な道を歩いてきてしまったみたいだ。引き返すにしても、遠い。

烔は雛鳥のところにいると信じていたけど、もしいなかったらどうしよう。

山の寒さがパジャマの中に忍び込んでくると急に八雲は不安になってきた。

他にどこを探したら烔がいるか、なんてわからない。

烔に会えなかったらどうしよう。

八雲にとって烔は大事な友達だけど、烔がそう思ってくれているかどうかはわからない。

八雲が今すごく炯に会いたいと思っているように、炯も会いたいと思ってくれているとは限らない。ここまで夢中で来てしまったことを後悔する気持ちがわいてきて、八雲の足が竦んだ。

「不安だ。不安の臭いがする」

「誰？」

暗がりの中から、舌なめずりをするような低い声が聞こえた。

枯葉を踏む気配が聞こえる。でもその音を振り返っても、何も見えない。

八雲は急に膝が震えてきて、浅く呼吸を弾ませた。

妖怪がみんな悪者だなんていう両親は、嫌いだ。

でも、悪い妖怪がいることも知っている。山や川にたくさん潜んでいて、それが夜になると活発になることも。

「お前の力を欲しがっているものだ」

ざわざわと、目に見えない何かが八雲を取り囲んでいる。そんな気がした。

八雲は全身に鳥肌が立って、その場に蹲った。

怖い。

逃げ出さなきゃと思うのに、何も考えられない。

「恐怖の臭いだ」

得体の知れないものの笑い声が聞こえる。

「喰ってやる」

「喰ってやる」

「お前の肉を喰わせろ」

いくつもの声が重なって、体を小さくした八雲の頭上に降り注いできた。姿は見えないのに、荒い息遣いや涎の滴る音が鮮明に聞こえてくる。

八雲は両手で頭を覆って、目を強く瞑った。

「……っ、助けて、――炯……！」

助けを呼ぶ声は掠れて、とても山の中には響かなかったけど。

瞬間、乾いた音が微かに聞こえて、蹲った八雲の膝の間から白い紙の人形がするすると滑り込んできた。

「?!」

驚いて目を瞠った八雲の腕を、毛深いものが摑む。乱暴な力に引きずり上げられそうになった瞬間、紙の人形がそれに這い上がって、ぼうっと青白く燃え上がった。

ギャアッと割れた悲鳴が響いて、辺りが騒然となる。

八雲が顔を上げるといつの間にか周囲にはたくさんの鬼火が浮かんでいて、さっきまで姿の見えなかった大きな猿のような妖怪の姿が浮かび上がっていた。

「八雲様。お探ししておりました」

その奥で暗がりに白く浮かび上がった炯の姿はいつもより憔悴《しょうすい》した様子で、たった今駆けつけてきたのだということが見て取れた。

「こんな時間に山に入るなど、危険ではありませんか」

「ご、……ごめんなさい。でも、どうしても炯に会いたくて……」

八雲が消え入りそうな声で言った時、三体の狒狒《ひひ》が炯に飛び掛った。

炯が不快そうに顔を顰め、両手に伸ばした鋭い鉤爪《かぎづめ》で長い毛に覆われた体を切り裂く。

八雲は思わず膝に顔を埋めて狒狒の絶命する瞬間から目を塞いだ。いつも危ない目に遭うと、炯にそうしていろと言われた通りに。

しばらくして炯に優しく促されるまでじっとそうしていた。

「八雲様」
二、三度大きな悲鳴が聞こえるとあたりは静けさを取り戻した。何体かの狒狒は逃げ出したようだ。
八雲がおそるおそる顔を上げると、案の定、炯は少し怒ったような顔をして八雲を覗き込んでいた。

「私は八雲様をお守りするのが務めです。しかし、八雲様ご自身が私との約束を守っていただけないと、困ってしまいますよ」

八雲の前に跪いた炯は、眼差しを鋭くして薄い唇を真一文字に結んでいる。

さっきまで妖怪に向けていた底冷えするような怒りの表情とは違う、八雲を心配するからこそ怒ってるんだという、優しい顔つきだ。

八雲はたまらずに、炯の胸に飛びついた。

「炯！」

怒った顔をしていたわりには、炯は腕を開いてすぐに八雲を抱きとめてくれた。

パジャマ一枚の冷え切った体を、炯があたためてくれる。

「お怪我はありませんか、八雲様」

髪を優しく撫でて、炯が八雲の体を抱き上げる。八雲は炯の首に腕を回して、着物から覗いた細い首筋に頬をすり寄せた。

大好きな炯と、もう一緒に遊ぶななんて言われても絶対に肯くことなんてできない。

八雲が大人になっても父親になってもおじいさんになっても、ずっとずっと炯と一緒にいたい。離れたくない。炯さえいてくれれば、それでいいのに。

「八雲様？　どうかされましたか」

「うん、……お母さんが炯ともうあそんじゃダメっていうから、……ぼくそんなのいやだから、それで」

八雲の髪に鼻先を埋めた炯が、短く息を呑んだようだった。

反射的に、八雲は炯にしがみつく腕を強くした。炯が八雲をぽいと放り出すようなことは、絶対にないのに。

「妖かしと一緒にいてはいけないと言われたのに、ここへ来たのですか」

頭上で聞こえた炯の声が急に冷たくなったような気がして、八雲ははっとして顔を上げた。

炯が眉を顰めて視線を伏せている。

それが父の見せた険しい表情を思わせて、八雲の胸がざわついた。

「だって、……だってぼく、炯とはなれればなれになるのなんてぜったい、ぜったいにいやだから！」

でも、炯はそう思っていなかったらどうしよう。

一度は忘れた不安がこみ上げてきて、指先まで力が抜けていく。

八雲を抱き上げてくれている炯の腕の力が今にも失われてしまいそうで、怖い。

「おと、……お父さんは、炯がぼくのことをだましてるかもしれないって……でも、炯は、ぜったいそんなことないし」

八雲の頬に大粒の涙が零れてきた。

屋敷からずっと我慢してきた心細さと不安が、一気に押し寄せてくる。

炯のことが大好きなのに、炯がいなくなったらどうしよう。炯に抱きしめてもらえなくなったらどうしよう。拒絶されることなんて、考えてもなかった。

「炯が、……炯がぼくのこと食べたくなっちゃったら、ぼく、炯にだったら食べられてもいいから、だから、それまでずっと傍にいて欲しい」

涙をしゃくりあげてそう続けようとした時、背中をぎゅうっと強く抱きしめられて、八雲は言葉を詰まらせた。

「八雲様、そんなことを仰ってはいけません」

息苦しいくらいに八雲を強く抱きしめた炯の声は、もう冷たいものではなかった。

いつも八雲を笑顔にしてくれる、優しい声だ。

「く、……くるしいよ、炯」

「私が八雲様を食べてしまうことなんて、誓って一生ありません。ですが……」

喘ぐように八雲が顔を上げると、腕をようやく緩めてくれた炯が、まるで泣き出しそうなくらい相好を崩して微笑んでいた。

「ですが、八雲様は食べてしまいたくなるくらい、可愛らしい主でいらっしゃいます」

そう言った炯の唇が、目を瞬かせた八雲の額を短く吸い上げる。

「？　うん、炯がどうしてもおなかがすいたら食べてもいいよ。そうしたら、ぼく、炯といっしょにいられるでしょ」

一緒にいられなくなるくらいなら、食べられてしまったほうがずっといい。

八雲が烔の腕の中で体を揺すって訴えると、落としてしまわないように抱き直した烔が息を吐くように声を上げて笑う。

烔が声を上げて笑うなんて珍しいことだったから、八雲はそれだけでなんだか幸せな気分になってきた。烔が傍にいてくれれば、それだけで幸せだったけど。

「八雲様、今のお言葉、大人になっても忘れないでいてくださいね」

冗談めかした烔が意味深に言ったけどその時の八雲にはよく意味がわからなくて、大人になってからのほうが食べるところが増えるんだろうかくらいにしか思わなかった。

だけど烔があまりに楽しそうだったから、八雲は素直に大きく肯いた。

「うん、じゃあ大人になったら、ぼく烔に食べてもらうから。やくそくね」

小指を立てて八雲が言うと、肩を震わせて笑いながらも困ったように眉を下げた烔がそれに小指を絡める。

大人になっても、ずっと忘れない。

――そう、約束したはずなのに。

烔の腕の中で一晩眠りについた八雲は、翌朝目を覚ますといつの間にか屋敷の縁側に届けられていた。

一睡もしないで八雲の行方を捜していた両親は、忽然《こつぜん》と姿を現した八雲を見るや声を上げて泣いて晩のことを詫びてくれたけど――八雲は、いったい何のことだかわからなかった。

他にもたくさんの人が一晩中探してくれていたらしく、八雲はどこで何をしていたのかと尋ねられた。村の駐在さんにも。

だけど八雲は何も思い出せなくなっていた。

山に駆けて行ったらしい八雲がどうして山に行ったりなんかしたのかも、一晩どこでどうしていたのかも。

パジャマに染み付いたお日様の匂いとほんの少しの獣の匂いも、身に覚えがなかった。

ずっと長い間、忘れていた。

自分を守ってくれていたその人のことを。

「炯、僕の記憶を消したんでしょう」

あの神社で中路や田宮たちにもしたのと同じように。

ひとつ思い出すと、今までずっと忘れていた記憶がほろほろと解けていく。

自宅に戻った八雲は炯に式神を見せてもらうようお願いをして、あの時助けてもらったものと同じ紙の人形を眺めながら炯に昔の話をした。

記憶をなくして目覚めてからも、八雲はことあるごとに埋められないもの寂しさを感じていた。

八雲には両親と祖母しかおらず、親しくしていた友達がいた記憶もないのに、気がつくと隣に誰かいるような気がして。あるいは、ずっといてくれた誰かがいないような欠落感がずっとあった。

生まれたときからずっと八雲の心の大半を占めていた炯が突然いなくなれば、そんなこと当然だ。

「――……申し訳ありません」

指に式神をじゃれつかせた八雲の前に、炯は膝を折って深く頭を下げたままだ。

主人の了解もなく、勝手に記憶を操作したのだから炯がおののくのも当然といえば当然だと思えた。

さすがの八雲でも。

「どうして、そんなことをしたの？」

「ご家族も八雲様をそれは愛しておられ、だからこそ心配をしておいででした。あの時は、ああすることでしか貴方様と家族との絆《きずな》を守る方法がないと考え、勝手を致しました」

確かに、今になって思えば両親が取り乱した気持ちもわかる。

炯のことを悪く言うのは未だに許せる気がしないけど、祖母の怪談話に出てくるような不思議な体験の絶えない自分の息子が日常的に神隠しにあっていたのだ。心配するなというほうが無理だろう。

実際、八雲が記憶をなくした状態で現れたあの晩のことは神隠しにあっていたのだということで処理されている。田舎の村だから許されるような話だ。

だからといって、炯と離れたくないと強く願った八雲の気持ちが無視されたのは腹を立ててもいいことだと思う。

八雲は床に額をつけたままの炯を見下ろして、唇を尖らせた。

「僕がこのまま思い出さなければ、炯は一生記憶を戻さないつもりだったの」

炯はしばらくじっとしていたものの、下げたままの頭を小さく揺らすようにして肯いた。

大きな狐の背中に乗って山をかけた記憶も、夢の中の話ではなくて現実だったのに。

過去の思い出ばかりが大事なわけではないし、今こうして炯が八雲のそばにいてくれるんだからいいかという気持ちもある。状況は緊迫していたけど、あの背中にまた乗ることもできたんだし。

でももしまた記憶を消されたりしたらたまらない。

もう二度と、忘れたくない。

「――……あの神社で河童に遭うようなことがなければ、もう二度と八雲様の御前に姿を現す気はございませんでした」

「炯！」

八雲は震え上がって、思わず声を上げた。

目の前の炯の肩を摑んで、顔を上げさせる。

ずっとそばにいたいと言ったのに。大人になっても一緒にいると言ったのに。約束したのに。

幼い頃からずっと凍り付いていた感情が急に溶け出して、八雲の瞳を濡らす。

引きずりあげた炯の顔を睨み付けるように見つめると、炯も痛々しい表情を浮かべて唇を噛んでいた。

「こうして貴方様の記憶が解けてしまったのは、私の術が若かったせいばかりではありません」

炯の表情にはっとして息を呑んだ八雲が手を緩めると、それを炯の大きな掌が握り返す。

再び深く頭を垂れた炯が、懺悔でもするように八雲の胸元へ額を寄せた。

「私の覚悟があまりにも足りなかったのでしょう。八雲様に、私のことを覚えていて頂きたかった。

――……本当は、忘れて欲しくなどありませんでした」

絞り出すようなか細い声で、炯が呟く。

八雲がしゃくり上げると、炯の手の上に涙の雫が落ちた。

「あの晩、貴方様の寝顔を見つめながら――私も、離れたくないと強く願っておりました。このままずっと、八雲様と山で暮らせたらと何度も誘惑に負けそうになりました」

「別に、良かったのに」

八雲がふてくされたような声で言うとようやく炯が視線を上げて、苦笑を漏らした。

食べられてもいいと思っていたくらいなんだから、それでも構わなかった。ずっと忘れてしまっていたかもしれないことに比べたら。

優しく握られた手を解いて、八雲は炯の手に指を絡めた。

炯がまた視線を伏せて絡めた指を引き寄せる。繋いだ手にそっと唇が触れた。

「それをすれば私も悪《あ》しき妖怪と同じものに堕《お》ちてしまうでしょう。八雲様に健やかに生きていただくために、私は八雲様をお守りしているのです。田宮様や中路様のような素敵なお友達もでき、八雲様は立派になられました」

返す言葉をなくして、八雲はただ唇を尖らせていることしかできなくなった。

こうしてまた烔に会うことができて、記憶も取り戻せた今となっては烔の選択は正しかったんだろう。

八雲は、絡めた指を解いて烔の頬に掌を這わせた。烔が、促されたように顔を上げる。

「……もう二度と記憶を消したりしないって約束をしてくれたら、許してあげる」

濡れた目で睨み付けられた烔が、困惑したように視線を揺らす。顔を逸らせないように頬にあてがった掌を引き寄せる。

「約束できないなら、命令。烔は僕の下僕なんでしょ。ちゃんということ聞いて。二度と、約束を破らないで」

縋るような八雲の声が、涙で震えてしまう。

いつまた記憶を消されるかと思ったら、不安でたまらない。

どうしたら烔にいうことを聞かせられるかわからない。土下座してお願いをすればいいというなら、そうしたって構わない。

「それは、契約……ということでしょうか」

「！　そう、契約」

妖怪と主人は契約を結ぶものだとものの本で読んだ。

烔は橘家の初代当主と契約を結んでいるから、代々当主を守っているのだと言っていた。八雲を守ってくれているのだって、八雲自身との契約のためじゃない。

だけど、八雲自身が炯と契約を結べるのであれば。

八雲はぱっと心が晴れやかになって大きく何度も肯いた。涙の雫がぽろぽろと零れ落ちる。

「八雲様、妖かしとの契約には代償が必要となります」

急に怜悧な声を響かせた炯が、鋭い眼差しをついと上げて八雲の顔を覗き込む。

八雲の下僕である炯ではなくて、妖怪の顔だ。白い肌に、赤い唇がよく映えている。

「代償……？」

「貴方様のご命令を聞く代わりに、私にも利点がなくては妖怪は言うことを聞きません。初代様には命を助けていただいた御恩がございます。八雲様にも何か戴かなければ、契約を結ぶことは致しかねます」

何もかもが解決するかに思えた気持ちに、暗雲が立ち込める。

確かに八雲が一方的にお願いを聞いてもらうだけでは不公平だし、それを裏切られたとしても文句は言えない。

炯に限って裏切ることなんてないと信じているけど、だからこそ公平じゃなければだめだ。

とはいえ、八雲が炯にできることなんて思いつかない。

「えーっと……それって、命とか？」

妖怪は悪魔とは違うけど、悪魔との契約といえば「お前の命をいただく」というのが定説だ。命をもらって何が楽しいのかは、人間の八雲にはわからない。でも八雲がたくさんの妖怪に命を狙われるということはそれなりに価値があるのかもしれない。

資産価値もわからないものを取引材料に使うなんて頼りない話だけど。

八雲は緊張しながら炯の顔をおそるおそる窺った。

するると、八雲が顔を上げるのを狙っていたかのように炯が近付いてきて、あっと声を上げる間もなく唇を吸い上げられた。

「……！」

かあっと体が熱くなってきて、八雲は思わず身を引いた。

もしかしたら自分が炯に身を寄せすぎていたのかもしれない。それで偶然唇があたってしまったのかも。

まさか炯のほうから八雲の唇を啄ばむなんて、そんなこと信じられないし。八雲のほうからそうする可能性は否定しきれないけど。

「八雲様の御命だなんて大それたことは申しません」

炯の濡れた唇が微笑んでいる。

じゃあ何をと尋ね返す声の出てこなくなった八雲の眼鏡をそっと取り上げて、もう一度炯が唇を寄せてきた。

「――貴方様の口吻けが戴ければ、私には充分すぎる褒美でございます」

吐息のかかる距離で囁く炯の声が掠れていた。

八雲は息もできなくなるくらいの鼓動を炯に悟られないように祈りながら小さく肯くと、そっと目蓋を閉じた。

大学が夏季休暇に入っても、炯は人間の姿のままだった。

妖力が尽きることはなくてもある程度落ち着けばコントロールできるようになると言っていたけど、あれきり特に八雲を狙う妖怪が現れることもないし、日々八雲と一緒にいるだけで妖力が蓄積されていくのを感じる、と炯は言う。

まさか同じ部屋で生活しているだけで妖力が溜まるということは、さすがにないだろう。

一人暮らし用の狭いワンルームで炯と一緒に生活することを余儀なくされた八雲は、まさか炯だけを床で寝かせるわけにもいかなくて一緒のベッドで眠ることにした。小さい頃は狐の姿なり人間の姿なりで一緒に眠っていたのだから同じことだ、と思っての提案だった。

だけどもしかしたらそうやって体を寄せ合っているから妖力が溜まっていくのかもしれない。

それでなくても、八雲が記憶を取り戻した日から炯は何かにつけて八雲に口吻けることがたびたびあった。

肉吸いの術を解くためにした行為の時のように舌を舐めるようなキスではないけど、時には何度も何度も啄ばまれて、八雲が眠れなくなる日もあるくらいだ。それでも八雲は炯と別々に眠ろうとは思えなかった。むしろ、眠る時に口吻けされないと少し寂しさを覚えるくらいだ。

八雲は別に、炯がこのまま妖力が溜まっていく一方で狐の姿に戻れなくてもいいと思っていた。

炯にはとても言い出せないけど。

大学では八雲といつも一緒にいる謎《なぞ》の聴講生である炯にもう見慣れたらしく、特に注目を浴びることもなくなっていった。

中路は相変わらず炯を気に入っているようだけど、炯にあまりにも脈がないものだから田宮もすっかり安心している。

少なくとも炯は中路よりも八雲のことを優先してくれるし、八雲はまた炯と一緒にいられるだけで、毎日がキラキラ輝いて見えた。

たとえそれが炯の主人だからというだけの理由でも、妖力の源だからというだけの理由であっても。

だから、以前から約束をしていた遊園地に炯も一緒にと誘われた時も深くは考えなかった。

炯が八雲から離れることはない。

いつどこでどんな妖怪が狙ってくるかわからないから。

だからもし炯が来ないなら八雲が一人で遊園地に行くことはないし、八雲が行くなら炯が断る理由もない。誰に誘われたのであっても。

「炯って、今どれくらい妖力あるんだろう」

友達と遊園地に行くのが初めての八雲が、遊園地の公式サイトを見ながらふと呟くと炯が首を傾げた。

「多く蓄積されているのは感じますが、数値化しろと言われると少し難しいですね」

「あ、ううん。ただ、遊園地でみんなと一緒にいる時に妖力が切れたりしたら大変だと思って……」

遊園地には、朝の五時に集合して長距離バスで向かうという。

大学で過ごしている時間よりも長い間みんなと一緒にいることになるだろうから、少し心配になった。

突然炯が狐に戻ったりなんかしたら、みんなの目には炯の姿が消えたように映るだろう。それこそ、神隠しだ。

「恐らく心配はないと思いますが」

八雲が顔を上げると、炯が近くに来ていた。

炯は十年経ってもまるで一歳も年を取っていないように見える。小さい頃から見慣れている顔のはずなのに、改めて見つめるたびにはっとするほどよく整った、美しい顔だ。

思わず見惚れる八雲の手を、炯がそっと握った。

「八雲様が不安であれば、こうしているだけでも妖力が尽きることはございません」

顔が熱くなってきて、八雲は繋いだ手に視線を落とした。

どうして炯は、いつも八雲の気持ちを見透かしているように感じるんだろう。

もしかしたら妖怪には人間の気持ちを透視できる能力でもあるのかもしれない。中にはそういう妖怪もいるって図鑑に書いてあった。たとえば八雲が小さい頃山で襲われかけた狒々とか。でも妖狐が人間の心を読むことができるなんてどこにも書いてない。

炯が八雲の心を読んでいたら——と思うとすごく恥ずかしいけど、嫌な気持ちじゃない。

むしろ教えてほしい。

どうして八雲が炯に触れられるとこんなにどきどきしてしまうのか、自分の気持ちがわからないから。

「……遊園地で、ずっと手を繋いでるの？」

「離れ離れになる心配もなくなります」

本気なのか冗談なのか、炯が繋いだ手に力をこめた。

さすがにそれはおかしな関係だと思われるだろう。

おかしな関係というのがどういう関係なのかはわからないけど、ただでさえも炯は八雲の世話を焼きすぎるから保護者の域を超えているとか田宮に呆《あき》れられているくらいなのに。

大体、遊園地で手を繋いでいるのなんてきっと恋人同士くらいしかいない。

そう思うと、八雲はますます顔が熱くなってきた。

「妖力が足りなくなってきたと感じたらお願いすることに致しましょう」

八雲が俯いたまま硬直していると炯がふっと繋いだ手を緩めて、もう一方の手で頭を撫でた。

手を握られていたら困ってしまうのに、解かれたら少し物足りなくなってしまう。

顔を上げて窺うと炯は首を傾けて笑って、また八雲の唇を短く吸い上げた。


「橘くん、喉乾かない？」

遊園地の園内は、どこもかしこも笑顔で溢れていた。

両親に手を引かれた子供も、一緒に写真を撮っている恋人たちも、八雲たちのような集団もみんな他愛のない話で声を弾ませて笑っている。

八雲は遊園地に到着する前、長距離バスに乗っている間からずっと笑ってばかりいた。

こんなに笑ったらすっかり顔つきが変わってしまうんじゃないかと思うくらい、ずっと笑っている。

初めて乗る絶叫マシーンも、炯の背中の上に乗って駆けるスピードに比べたらあんまり怖くはなかった。でもお化け屋敷は本物の妖怪よりもびっくりさせられて、八雲は炯にこっそり手を握ってもらっていた。

たくさん写真も撮ったし、中路の携帯電話には赤い瓢箪のストラップと一緒に、さっきみんなで買った新しいストラップがついた。

遊園地に到着してすぐにおみやげ買っちゃうってどうなの、とそこでもみんなで笑った。

「あ、ジュース買ってこようか」

山麓《さんろく》にある遊園地は心地よい風が吹いていたけど、何しろ日差しが強い日でみんな汗をかいていた。

八雲がベンチから腰を上げると、自然と炯も立ち上がる。

「アイス買いに行こうよ。さっき、あっちに美味しそうなかき氷売ってたよ」

一人の女子が言うと、それを見ていたという子も、知らないという子も慌てて立ち上がった。

「一人じゃ持てないし、みんなで行こう」

「中路、何味がいい？」

絶叫マシーンが苦手だと言ってぐったりしている田宮の手を引きさながら、別の女子が中路に尋ねた。

中路はサンダルで靴ずれができてしまったと言って、絆創膏を貼っている。

「中路さん、僕が買ってきてあげるよ」

「八雲、私が行きましょう」

田宮は既に女子に手を引かれてベンチを遠く離れている。どうもその足取りを見ていると、かき氷屋はそれなりに遠い場所にあるようだ。

「ねえ、炯さんはここで中路と待っててくれない？」

不意に八雲の手を引いた女子が言うと、中路がその顔を振り仰いだ。もちろん、八雲も。

「いえ、私は」

「中路のサンダル、留め金が飛び出てて踵《かかと》に擦《こす》れちゃうみたいなんだ。私じゃ直せなかったから、烔さんにお願いできないかな。かき氷食べたらさ、またみんなで絶叫マシーン行かなきゃだし」

片目を器用に瞑った女子が、意外なほど強い力で八雲を引っ張ってベンチから遠ざけていく。

「では、八雲も残って私と後で一緒に飲み物を買いに行きましょう」

「烔、大丈夫だよ」

一緒にいる友達は信頼できる仲だし、怪しい神社に行こうというのでもない。

かき氷を買って帰ってくるくらい離れていても、多分大丈夫だ。

中路のサンダルを直すなら今のうちが良いに違いないし、烔も日差しの強さに疲れているだろう。

「僕が烔のぶんも買ってきてあげるね」

八雲が手を掲げて踵を返すと、しばらくその様子を見ていてから烔も仕方なくベンチに腰を下ろした。それを横目で見ると、なんだか留守番を言いつけられたペットみたいで可愛い気がする。

「行こっか」

ホッとしたように八雲の腕を放した友達と、田宮たちの背中を追いかける。

向かうかき氷屋の商品はフルーツが沢山乗ってるんだと聞くと、八雲は楽しみで思わず足取りも軽くなった。

「やくもーん、何にする？　俺パイナップルとグレフルで悩んでるから、やくもんどっちかにしねー？」

さっきまで絶叫マシーン酔いしていた田宮は、かき氷屋の前に着くと機嫌が良くなっていたようだった。

確かに生のフルーツが盛りだくさんのかき氷は口の中をさっぱりさせてくれそうで、疲れを意識してなかった八雲もリフレッシュできそうだ。

「グレープフルーツも美味しそうだけど、……うーん」

「橘くん、目がマジなんだけど！」

既に注文を決めた女子が八雲の顔を覗きこんで笑う。

そう言えば烔は、フルーツは食べられるのだろうか。

お茶やジュースを飲んでいる姿はよく見るし、食べ物を消化できないということはないと言ってたまにみんなと食事をすることはあるけど。

狐はイヌ科だ。犬が果物を食べていいのかどうかを、八雲は知らない。橘家でペットは飼ったことがない。

まさかここで突然みんなに犬のことを尋ねるわけにもいかない。

「やくもん、まさかの熟考」

メニュー表を見て固まった八雲を指さして、田宮が笑う。

田宮と同じように、自分の食べたいと思うものを二種類買っていって、烔に食べられる方を選んでもらうという手段もある。でもどうせなら、烔に食べたいものを食べてもらいたい。

「ごめん、僕ちょっと烔に何が食べたいか聞いてくる」

メニューを上から順に確認して、記憶する。

「え、橘くん！」

すぐに踵を返した八雲の腕を摑もうと女子が腕を伸ばす。しかし、注文をしに向かった田宮に阻まれた。

「すぐに戻るから！」

みんなで美味しいものを食べるのも、大切な思い出だ。

炯はかき氷を食べたことがあるだろうか。冷たくてびっくりして、狐に戻ったりしちゃわないだろうかと思うと、心配だけどちょっとおかしい。

八雲は来た道を急いで走って、中路のサンダルを直しているだろう炯のいるベンチまで引き返した。

アスファルトに照り返す太陽が眩しくて暑い。

でも楽しいから、少しも苦にはならなかった。

「炯」

ベンチの見えてきたところで声を上げる。

ちょうど頭上のジェットコースターが通過したところで、八雲の声は届かなかったようだ。乗客の悲鳴が尾を引いて、通り過ぎて行く。

八雲は目を細めて眩しい空を見上げてから、ベンチへと駆けた。

もう中路のサンダルは直ったのだろうか、炯と中路は話し込んでいるようだ。八雲に背を向けているからその表情まではわからないけど、お互い顔を覗き込んで話している。

中路と話し込んでいる炯が、銀色の髪を揺らして小さく首を振った。

その時、中路が隣の炯に突然抱きついた。

「っ、」

思わず足を止める。

抱きついたように見えただけかもしれない。突然具合が悪くなって倒れこんだとか。

八雲はあたりの雑踏が聞こえなくなって、自分の胸の鼓動が速くなっていくのだけを感じていた。

「――私、本気だよ」

たくさんの笑い声が聞こえるはずの遊園地がまるで無声映画みたいに静かになって、中路の声だけが微かに聞こえてきた。

「烔さんは私が今まで会ったどんな人とも違うの。お願い、私のことちゃんと見て」

烔の腰に腕を回した中路の手が震えている。

中路の声はいつもより低くて、真剣さを物語っているようだ。

八雲の場所から中路の顔が見えなくてよかった。彼女は今泣き出しそうな、女の顔をしてるんだろうと思った。

初めて人間の姿の烔を大学に連れて行った時、面食いの中路はすごくはしゃいでいた。だけど、それも最近はすっかり落ち着いてきていたんだと思ってた。むやみやたらと烔にまとわりつくこともないし、田宮だって安心していた。

でもそれは烔の外見だけにキャーキャー言わなくなっただけで、本物の気持ちになっていただけなんだろう。

「烔さん。……私烔さんのことが好きなの。付き合ってください。……お願いします」

中路がそう言った時、反射的に八雲は後退っていた。

こんなのは悪い夢だと、そう思いたかった。

でも、どうしてだろう。

中路は八雲にとって大切な友達だ。中路がいなかったらこんな風に友達とたくさんの楽しい思い出を作ることはできなかった。

中路はいつも明るくて友達思いで、大好きな友達だ。

ただの面食いというだけじゃなくてこんなに本気な中路は初めて見た。苦しそうで切なそうで、聞いている八雲の胸が張り裂けるような声だ。

大切な人には幸せになってほしい。

だけど、こんなこと信じたくないという気持ちで心の中が黒く塗りつぶされていくみたいに感じる。

嘘だったらいいのに。

中路の幸せを願わないなんてことはしたくない。できない。だから、中路がこんなに炯のことを好きだなんて嘘ならいいのに。

「——貴女と交際することはできません」

小さくため息を吐くように、炯が言った。

「！」

中路の息を呑んだ声が聞こえたような気がするけど、もしかしたら息を呑んだのは八雲の方だったかもしれない。

「どうして？　好きな人でもいるの？　私、炯さんにふさわしい女になれるようになんでもするから——」

「気の迷いです」

縋りついた中路の手を解いて、炯がそれを押し戻す。

中路が呆然と炯を見返した。

「気の迷い、……って……そんなこと」

中路の声が震えている。八雲はその場から逃げ出したいのに足が強張って、とても動けなかった。

さっきまで暑いくらい強く降り注いでいた太陽が翳《かげ》って、寒気で震える。

「私は貴女の思っているようなものではありません。申し訳ありません、少し親しくしすぎてしまったようですね。今後は礼節を弁えて、距離を」

「何――それ……好きになっちゃいけないってこと？」

腕を掴もうとした中路の手を避けて、炯が立ち上がる。

その表情には申し訳なさも拒絶の表情も、何も浮かんではいない。

ただの無関心。

八雲は強い力で頭を殴られたような気持ちになって、強張ったままの足を引きずるように後退させた。

「その通りです。私に恋などしてはいけない」

「……！」

八雲は咄嗟に踵を返して、転げるように走り出した。

その気配に気付いた炯が、顔を上げる。

「八雲様」

気付かれてしまった。

八雲は縺《もつ》れる足を叱咤《しった》しながらその場を必死で逃げ出した。

でも、今は田宮たちに会うわけにもいかない。もしかしたら中路の気持ちを知っていて炯と二人きりになるように仕向けた女友達にも。

八雲はあてもなくがむしゃらに走って、なるべく人のいない方へと進路を選んだ。

心臓が破裂しそうに強く打っている。

「お待ちください、八雲様！」

子供用の乗り物に並ぶ家族連れが振り返る中、炯の声が追ってきた。

どうして炯が追いかけてくるんだ。中路を一人にして。中路は靴擦れで走れないのに。

八雲はぎゅっと目を閉じて、首を強く振った。

「来ないで！」

思い切り声を上げると、近くの小さなステージで歓声が上がった。大道芸人が来ているようだ。

「八雲様、先ほどの話を……」

「炯は戻って」

息が切れて、足を止める。

来るなと言ったから、炯は八雲の背後で立ち止まったままのようだ。

「……中路さんのところに戻って」

「しかし」

「何で僕を追いかけてくるんだよ！　中路さんをあんなひどい言葉でふって、一人にするなんてダメだよ」

今頃、中路は一人ベンチで泣いてるかもしれない。

こんなに天気が良くて、周りは幸せそうな家族連れやカップルばっかりで、笑顔に溢れているのに。中路だけが。

「お言葉ですが、八雲様。……私は彼女の気持ちに応えることはできません。それなのにこれ以上中路様と親密になるわけには」

「なんでだよ！」

八雲が振り返ると、炯が目を瞠って体を震わせた。

気付くと八雲の頰が濡れていた。

泣きたいのは中路のほうなのに。

八雲は乱暴に掌で目を拭った。拭いても拭いても、涙が溢れてくる。張り裂けた胸の隙間から溢れ出して来るかのようだ。

「八雲様、目蓋が腫れてしまいます」

「触らないで」

八雲の手を止めさせようと伸びた炯の腕が空中で震えて、ぴたりと止まる。

「――私は妖怪でございます。妖怪は本来、人を騙すもの。人が好き好む姿に化けるようにできているのです」

「中路は、炯の姿かたちを好きになったわけじゃないよ。たぶん、炯の優しいところとか、一緒にいる時の心地よさとかを好きになったんだ」

そんなの、八雲だってよく知ってる。

炯が時折見せる隙のある表情とか、記憶を消してでも八雲を守ってくれようとした強い気持ちとか。

八雲が一番よく知ってる。

炯の体温も、唇の感触も。

騙されているからじゃない。炯が妖怪じゃなくても、人間だとしても、狐の姿をしていてさえ、八雲は炯のことが好きだ。中路よりもずっと。

恋などしてはいけないと言われて深く傷ついたのは、八雲のほうだった。

中路みたいに告白する勇気もないくせに。

「八雲様」

途中で止めたままの腕を下げることもできずに、炯が表情を曇らせた。

眉を顰めて視線を揺らし、唇を噛む。何かを堪えるような炯の様子に、八雲は再び背を向けた。

「――……しばらく一人にして」

ステージではまだ歓声が上がっている。

今頃みんながかき氷を買って戻ってきている頃かもしれない。でも八雲はさっきまでのように笑える気がしなかった。

あんなに楽しかったのに、一生の思い出になると思っていたのに、遊園地なんて来なきゃよかったと思ってしまいそうで怖かった。

立ち尽くした炯を一人置いて、ふらふらと歩き出す。ステージの歓声も、人の笑い声も聞こえない場所で少し気持ちを落ち着けたかった。

別に何が変わったわけじゃない。

炯は妖怪で、八雲の下僕だという。

だから八雲が逃げ出せば追いかけてきてもくれる。きっと今炯の胸の中には中路を振ったことよりも、主人の友人を惚れさせてしまったことへの後悔のほうが強いだろう。そんな口振りだった。

じゃあ、告白したのが八雲だったらどうしたんだろう。

自分が仕えるべき主人から愛の告白を受けたら、無碍《むげ》に断るわけにもいかないだろう。

気の迷いだとか、恋をしてはいけないというのだろうか、八雲にも。

気の迷いなんかじゃない。

でも、恋なんてしてはいけないことくらいわかってる。

わかってるけど、胸が苦しくてたまらない。

「う、……っふ、ぅ……っ！」

遊園地の隅の、人気のない広場のあたりまで来ると八雲は両手で胸を押さえてしゃがみこんだ。

靴の上に音をたてて涙の雫が零れ落ちる。

こんなに苦しいなら、炯のことを好きだなんて気持ちに気付きたくなかった。

自分で気付く前に振られてしまったようなものだ。

でもそれで良かったんだろう。

八雲が好きだなんて言ったら炯を困らせてしまったに違いない。

子供の頃の無邪気な気持ちとは違う。

ただ一緒にいて毎日遊べれば幸せだったはずなのに、今の八雲が炯を好きな気持ちには醜い気持ちも混ざっている。

烔が中路にきゃあきゃあと騒がれれば面白くないし、本気で恋を告白されたら、不安な気持ちもある。

中路を振った烔にイラつく気持ちもあるのに、どこかでほっとしている自分もいる。

烔が好きだから、一緒にいたい。

でも好きだから、一緒にいたくない。

自分でもわからない気持ちがぐるぐると渦巻きすぎていて、気が変になりそうだ。

こんな気持ちに気付きたくなかった。

気持ちが塞いだ八雲の心象を現すかのように、あんなに晴れていた空に見る間に雲が広がっていく。

今にも雨が降り出しそうな空模様に、遠くのアナウンスがアトラクションの一部運転休止を案内している。

八雲は震える息をしゃくりあげながら、携帯電話を見た。

田宮から着信が残っている。きっと、突然いなくなった八雲を心配してるんだろう。中路はどうしてるのか、烔はみんなのところに戻っていないのだろうか。

どんな顔をして中路に会えばいいのか、烔に会えばいいのか想像もつかない。

いっそ、逃げ出してしまいたい。

八雲は鼻を啜り上げて、大きくため息を吐いた。

吐息と一緒に嫌な気持ちも、烔を恋しがる気持ちも体の外に追い出せてしまえたらいいのに。

好きになんてなってはいけないのに。

そう思うほど、胸が締め付けられる。

「おや、こんなところに一人でいては危ないよ」

「！」

暗雲立ち込めたどす黒い空に雷が瞬いた、と思った時。近くの芝生を踏む気配を感じて八雲は顔を上げた。

最初に目に飛び込んできたのは、猿の顔だった。

昔村の山で見た狒々の妖怪を思わせる赤ら顔に八雲はしゃがみこんでいた体をぐらつかせて、尻餅をついた。

「やあ、こんにちは」

妙に甲高い声をあげた猿の手足は虎のように太く、獰猛《どうもう》な爪が伸びていた。胴体は茶色で覆われているけど、背後に伸びた尻尾はそれ自体が別の生き物のようにうねる、蛇だった。

妖怪図鑑を思い出すまでもなく知っている。

祖母の怪談話で何度も聞いたことがある恐ろしい妖怪、鵺《ぬえ》だ。

「――……、」

何で、こんなところに。

八雲は揺れる眼で大きな遊園地を抱いた高い山を見上げた。

迂闊《うかつ》だった。八雲は声も上げられないまま正面の鵺を凝視して、芝生の上の体を退《ひ》いた。

烔。

声を上げたら、来てくれるだろうか。こっちにくるななんて言ったのは八雲の方なのに。

「やあ、噂《うわさ》に違わぬ美味しそうな匂いをしている」

じりじりと後退する八雲に向かって、鵺はゆっくりと着実に近付いてくる。

その背後で雷鳴が轟《とどろ》くと、誰かの悲鳴が聞こえた。急な雷雲で園内のお客さんは避難を始めているようだ。みんなも、避雷針の傍の屋根のある場所へ集まっただろうか。

「何を考えている？　私を見ていないね」

急に鵺の首がぐんと伸びて、八雲の顔を覗き込んだ。

「！」

目をぎょろりと瞠った猿の顔で視界が覆われて、八雲は竦みあがった。震える体を反転させて、這うように逃げ出そうとする。その足を虎の足が押さえ込んだ。

「っ、あ……！」

太い爪が食い込んできて、鈍い痛みが走る。

八雲はその場に蹲って、背中越しに鵺を振り返った。

「そう、それでいい。恐怖に怯えた人間は旨《うま》いからね。……ああ、溢れ出た妖力だけで酔ってしまいそうだ。堪《たま》らないな」

鵺が鼻を鳴らして、捕らえた八雲の肌に顔を寄せてきた。

「い……嫌だ、っ！　食べない、で」

「いいや、食べるよ。私は腹ペコなんだ。首に嚙み付いて生き血を啜り、手足を一本ずつもぎ取って骨までしゃぶってから、最後に頭を嚙み砕いて殺してあげよう」

怯える八雲をせせら笑って鵺が甲高い声で笑った。

こんなの八雲を怖がらせようとしているだけだ。八雲は目をぎゅっと瞑って、小さく首を振った。

爪を突き刺された足がじんと痺れて感覚がなくなってきた。この足で走って逃げられる気がしない。

それでなくても鵺は虎の足で駆けてくるに違いないから、逃げられはしないだろう。

「おや大人しくなってしまった。観念するのはまだ早いのじゃないか？　山まで響き渡る悲鳴を聞かせておくれ」

鵺の笑い声が近付いてきた。

炯。

炯、助けて。

八雲は震える唇を開いて掠れた息を吐き出しながら、何度もそう叫ぼうとした。

ついてくるななんて言わなきゃよかった。

炯は八雲を守るために、いつも隣にいてくれたのに。

——そうだ。

炯は、妖力の強い八雲が狙われやすかったから、ただ役目のためだけに隣にいてくれただけだ。

ついてきたくて八雲についていたわけじゃないのに、ついてくるななんて言ったら、炯だって怒ったかもしれない。

貪るように体を重ねたのだって肉吸いの術を解くためだけだし、毎日キスをしたのだって妖力を得るためだけだったんだろう。したくてしたわけじゃない。

炯は橘家に仕える妖怪だ。

別に、八雲一人のものじゃない。

好きになったって、仕方がなかったんだ。

「――……、」

八雲はうつろな目で鵺を見上げて、強張っていた体の力を抜いた。

「おや、どうした？　覚悟を決めてしまったのかい。まあ抵抗しないからといって、私が諦《あきら》めることはないけどね。お前を食えば絶大な妖力が身になるんだ」

鵺が裂けたような大きな口を開くと真っ赤な口内にびっしりと並んだ鋭い牙が見えた。長い舌も。

八雲がここで鵺に食われてしまったら、炯は役目を果たせなかったと悔やむだろうか。

橘家の血筋が途絶えたら、炯はどうなるんだろうか。ただの妖怪に戻ってしまうのか。

いっそ炯が八雲の下僕なんかじゃなくて、ただ八雲の命を狙いに来た妖怪だったら良かったのに。

そうしたら好きにならずに済んだのに。

それでももし、ただ食われるんじゃなくて大事な食料としてしばらく時間を一緒に過ごすようなことでもあれば好きになってしまっただろうか。わからない。八雲は、優しくて頼もしい炯のことしか知らないから。

鵺を仰いだ八雲の目から涙が溢れてくる。

それを鵺の長い舌がべろりと舐め取った。全身に寒気が走るほど冷たくて、ぬるぬるとした感触の舌だった。

「悲鳴が聞けないのは残念だが、まあいい。久し振りの食事をいただくとしよう」

八雲の足に刺さった爪が、ぐっと深く入ってきた。

「……っ！」

肉を抉られ、八雲は痛みに顔を歪めた。それを愉快そうに見下ろしながら、鵺の牙が迫ってくる。

「――その人を離せ」

その時。

ごうっと青白い炎が吹いてきて鵺の鼻先を舐めた。

「！」

焼けた肉の匂いがあたりに漂う。

鵺が顔を上げた。八雲も反射的に、炎の吹いてきた方向を振り向いていた。

そこには肩で息を弾ませた、炯の姿があった。

「炯！」

「お前がこいつに憑いているという狐か。待ちくたびれたよ」

鵺が足を上げると、八雲を突き刺していた爪がずるりと抜けて思わず呻いてしまった。

炯が痛ましそうにそれを一瞥して、身構える。

「八雲様、遅れて申し訳ありません」

八雲は鵺の背後で慌てて身を起こすと、首を振った。

あんなに合わせる顔がないと思っていた炯の姿を見ると、やっぱり恋しくて、胸が苦しくなる。その胸に飛び込んで、お日様の匂いをいっぱい嗅ぎたい。炯に忠誠心以外のどんな感情もなくても。

「犬神や肉吸いが世話になったようだね」

喉の奥で唸るような声を上げた鵺の言葉に、血の滴る足を押さえながら八雲は瞠目した。

犬神や肉吸いに八雲を襲わせた張本人が、この鵺ということなのか。

「やはり、貴様が主人だったか」

「あっけなく退けられたと聞いたから期待していたんだけどね、……なんだい、随分と弱ってるじゃないか」

「?!」

鵺が嘲笑って尻尾の蛇を揺らす。

八雲は耳を疑った。炯は確かに額に汗を浮かべて、苦しそうにしている。整った顔には怒りだけでなく、苦悶の表情も滲んでいるようだ。

でも、そんなはずはない。

炯は妖力が暴走している状態で、あれ以降もずっと妖力を溜め続けてきているはずなのに。

弱ってるはずなんてないのに。

鵺が炯の様子を舐めるように見ながら、ゆっくりと炯の体を回り込む。

炯が周囲に巡らせた鬼火が、今にも消えかけそうに瞬いた。

「契約を交わした主の命令を破って駆けつけてきたのかい」

「!」

主の命令というのは、もしかして八雲がついてくるなと言ったことだろうか。

あんな言葉でも、命令となって炯を縛ってしまうのか。

八雲は血に濡れた掌で口を覆った。

自分の不用意な一言で炯の行動を縛ってしまうなんて、思ってもなかった。

「それがどうした」

息苦しそうに肩を上下させながら、炯が不敵に笑って鵺を見下ろした。

「私の使命は主をお守りすること。主無くしては、私の存在も無と同じ。お前のような妖怪にはわかるまい」

真っ赤な瞳を煌かせた炯が言い放つと、突然、弾かれたように鵺が大きな声を張り上げて笑った。

まるで天をつくような高い声で、八雲は思わず肩を震わせた。

「笑わせるな、狐」

ゆっくりと円を描くように炯を取り囲んで歩く鵺が舌なめずりをして八雲を盗み見た。

余所見《よそみ》をする鵺に炯が身構えると、炯が動くよりも先に鵺の尾がしなった。

「主、主と言うが、お前その主に惚れているのだろう」

唸り声を上げて伸びた蛇の尾が炯の腕に噛み付こうとする。

それを避けると、今度は虎の爪に炯の身が弾かれた。

「炯！」

どっと横様に飛んだ炯の体が芝生を跳ねて、あたりの鬼火も掻き消えてしまった。

今にも嵐《あらし》がきそうな暗い空から冷たい風が吹き降ろしてくる。

「人間なんぞに惚れて添い遂げたいばかりに自らの寿命を削るなど愚かなこと。お前も妖怪なら妖怪らしく、人間を喰らって生きろ」

すぐに身を起こした炯に、鵺が飛び掛かった。

「ッ！」

炯の鋭い爪がそれに応戦しようとするが押さえ込まれて、鵺の刃《やいば》に爪を噛み砕かれた。

大きな獣の体をした鵺は獰猛で、しかし俊敏そのものだ。

八雲は痛む足を押さえながら、炯に駆けつけようとした。

「炯、……炯、大丈夫？　今、僕が」

妖力が足りないなら、いくらでも八雲の力を分けてあげる。

足を引きずりながら近付いた八雲を、炯が首を振って拒んだ。

その様子を見下ろした鵺が可笑《おか》しくて堪らないというように体を揺すって笑う。鵺が身動ぐたびに炯が顔を顰めた。

「愚かな主よ。分不相応な妖力を与えたばかりに自分の妖怪が苦しんでいるのも知らないで」

「黙れ、外道が」

爪の折れた掌に鬼火を宿した炯が鵺の鼻面を掴むと、体勢を変えて鵺を転がそうとした。しかし蛇の尾に手を弾かれ、吹き飛ばされる。

芝生にしたたか背中を打った炯が、大きく咳《せ》き込んだ。

炯が苦しんでいるなんて知らなかった。

妖力があればあるほどいいんだと思っていた。だから炯は、いつも八雲に触れるのだと。

炯が妖力を得るためだけに八雲に触れるのでも構わないと思っていた。八雲にできることなんてそれくらいしかないから。

そんなことで炯が満足してくれれば嬉しいし、炯に触れられることは嫌じゃなかった。家の中にいる間はずっと抱きついていて、離れたくないくらい。

それが炯を苦しめていたなんて、知らなくて。

――苦しむことがわかっていて炯が八雲に触れたがってるなんて、知らなくて。

八雲の視界を、涙が歪める。

「自分で制御できないくらいの妖力に振り回されて変化を解けないでいるのだ。それほどの能力、こんな狐にはもったいないないことよ。私なら十分に使いこなせる」

愕然《がくぜん》とした八雲を鵺が振り返る。

その尾を炯が摑んだ。

「貴様などに八雲様の力を与えるものか」

憤怒《ふんぬ》の表情で立ち上がった炯の額から血が伝っている。

その銀髪も土埃と血に汚れ、立ち上がっているのがやっとというほど膝が震えている。

炯は摑んだ鵺の尾に嚙み付かれても手を緩めようとはしない。

きっと、狐の姿になれればもっと身軽に動いて、鵺の攻撃を避けることもできるんだろう。だけど、八雲の妖力のせいで人間の姿を解けないということなのか。

妖力の与え方なら、わかる。

でも減らす方法は知らない。

炯を助けられない。

八雲は震える手で胸を掻き毟《むし》った。

鵺の目的は八雲だ。それなら八雲が食われてしまえば、炯は見逃してもらえるのか。

八雲が死んだら炯は主を失ってしまう。それでも、炯に生きて欲しい。

「も、……目的は、僕なんだろう！」

八雲は傷む足が千切れても構わないという気持ちで、鵺に飛びかかった。

「八雲様、いけません！」

炯の悲痛な声を無視して鵺に摑みかかり、背中の毛を毟りながら殴りつける。

「炯を離せ！　僕は、……僕が食べたいなら食べればいいじゃないか！　炯は関係ない！」

奮い立たせた体はそれでもみっともないくらいぶるぶる震えて、涙も溢れてくる。

だけど、炯がいなくなることに比べたらこんなことは少しも怖くはない。

八雲は大きく息を吸い込んで、声を張り上げた。

「炯なんて、もう僕の下僕でもなんでもない！　僕に妖怪の下僕なんていない！　だから、その狐を虐めるな！　お前が食いたいのは僕のはずだ！」

大きな鵺の体は何度殴っても、少しも堪《こた》えていないようだった。

ただ突然しがみついてきた八雲を驚いたように振り返った鵺が、しばらくしてから肩を震わせて笑い始める。

「――は、……ははは、なんと愚かな人間だ。自分の身を懸けてまで妖怪を助けようというのか？　相手は妖怪だぞ。ただの妖怪だ。お前より散々長く生き、悪事を働いてきたのだぞ」

「炯は違う！」

八雲は吼《ほ》えるように怒鳴り返して、鵺を睨みつけた。

橘家を代々守ってきたという炯が、悪事を働いてきたなんてことは信じない。

「八雲様、お退がり下さい！」

「嫌だ！　炯こそ早く、逃げて」

鵺の体を引っ張って、炯から引き離そうとする。

自分でも驚くくらい力がわいてくるような気がするけど、虎の足で芝生を踏みしめた鵺はびくともしない。

炯は今まで橘家を守ってきてくれたんだ。その炯を、八雲が守らなければ。

ずっと八雲を守ってきてくれた大好きな炯を、今度は八雲が守りたい。

「鵺が僕を食べてる間に、炯は逃げて。どこへでも。もう、お前なんて下僕でもなんでもないんだから」

八雲の不用意な言葉が炯を縛り付けるなら、任を解くことだってできるだろう。

実際、炯を突き放すような言葉を言うたびに自分の心さえずたずたに切り裂かれるように感じた。

だけどこれでいい。

どうせ八雲の命もここまでなら、どちらにせよ炯は自由の身になるのだから。

鵺の生臭い息が、八雲の顔に吐きかけられた。

「私も長い間生きてきたが、お前のような愚かな人間は初めて見たよ。そんなにお望みなら、まずお前から喰らってやろう。狐を食うのは、それからだ」

にたり、と鵺が笑う。

大きく体をうねらせて尾を振ると、それを押さえていた炯が弾き飛ばされた。

炯、と呼ぶ声を喉に詰まらせる。

そのまま逃げて欲しい。

八雲がいなくなればいつか妖力も尽きて狐の姿に戻れるだろう。そうすればさっと、どこまでも駆けていける。

炯の早い足を思い出して、八雲は少し笑った。

もう一度だけ、あの背に乗りたかった。炯のふかふかした毛に顔を埋めて、あらゆる景色が一瞬で後方に流れていく快感。炯とだったらどこまでも行けると思えた。どこまでも行きたいと思った。

人間の姿の炯とのんびり電車に揺られるのも楽しかった。

結局、八雲は炯と一緒なら何でも良かった。子供の頃からずっと。屋敷の庭の中で遊んでいるだけでも山も川も、炯と一緒だから楽しかった。

炯がいないなら、生きていたって意味がない。

炯を忘れていた十年間、八雲は本当に寂しかったんだから。

「八雲様！」

何度も弾き飛ばされて肌を擦り剝き、血を滴らせた炯が悲痛な声で叫ぶ。

八雲は、その姿を振り向いて笑った。

「炯」

鵺の影が近付いてくる。

八雲は大きく息を吸い込んだ。小さい頃からこの気持ちは変わらないけど、今のこの気持ちが炯にうまく伝わるかどうかわからない。

伝われば嬉しいけど、伝わらないほうがいいのかもしれない。

炯がどんな風に受け取ってもいい。八雲の気持ちは変わらないから。

「炯……僕も炯のことが、大好きだよ」

囁くような声で言うと、八雲は目を閉じた。

拳の震えがぴたりと止まって、不思議と静かな気持ちだった。

鵺の生暖かい吐息が八雲の頭上を覆って、涎が滴る。このまま頭を噛み砕かれるのか――覚悟を決めて、八雲はその時を待った。

しかし。

「ギャアッ」

割れるような悲鳴が響いたかと思うと、突然目蓋の裏が明るくなった。

どっと鈍い音が響いて、あたりに肉の焼け焦げる匂いが立ち込める。

「……、？」

八雲がおそるおそる目を開くと、――そこには九つの太い尾を生やした烔の姿があった。

足元に鵺の巨体がのた打ち回っている。それを見下ろした烔の全身を、薄い炎が纏《まと》っていた。

「……烔……?!」

掠れた声で呟くと、烔が八雲を振り向いて微笑む。

その顔にはもう傷はなくて、苦しそうな様子もない。ただ離れた場所に立っている八雲でさえ痺れを感じるくらい、強い力が溢れてきているように感じる。

「九、……っ九尾だと、っ……たかだか数百年程度生きただけの餓鬼が、ッ」

鵺の体はあちこちが焼け爛れて、溶けた肉の間から骨が見えている場所もある。八雲は思わず目を覆った。

「そうだな、私はまだ若い。おそらく長くも生きられないだろう。……私が戴いた力は、あまりにも清らかすぎてな。私にはもったいないくらいだ」

炯が大きく息を吸って、手の指をゴキゴキと鳴らしながら一度折られた爪を閃かせた。

それを振りかぶると、炯の手の先から空を覆っていた暗雲が掻き消えて、日が差し始める。

炯は美しい微笑を浮かべて、鵺を見下ろした。

「貴様にも少しばかり分けてやろうか。私の主の、清浄な力だ」

炯が腕を振り下ろす。

長い爪を伴ったそれが鵺の心臓を貫くと甲高い悲鳴が響き渡り、あたりの木々を震わせた。

ざっと、山から風が吹き下ろす。

両手で耳を塞いでいた八雲がしばらくして目を開くと鵺の体はなく、太陽が差し込んだ芝生の上にわずかな猿の毛が残されているだけだった。

「――……」

あっけに取られて立ち尽くした八雲の耳に、遠くから園内のアトラクション再開のアナウンスが聞こえる。

天はすっかり青空を取り戻して、何事もなかったかのように人々の笑い声が遊園地に戻ってきた。

もしかしたら今までのことが全部夢だったんじゃないかと思ってしまうほど、何もかもが急速に元通りになっていく。炯に生えた、九つの尾も。

「……炯」

目が合ってお互いの無事が確認できると、急に足が痛んできて、八雲はその場に蹲った。

「八雲様！」

炯が飛んできて、背中を支えられる。

その顔には余裕がなくなっていて、八雲の血に濡れた足を押さえながら痛ましそうに表情を曇らせた。

いや、表情が曇ったのは心配だけではないかもしれない。妖力が暴走しすぎて苦しんでいる、と鵺の言葉が八雲の脳裏を過ぎる。

「炯、……僕に触っていたら、妖力が」

八雲が慌てて炯の腕を押し返そうとすると、反対に炯が肩を抱き直してきた。強い力で。

「っ！」

炯の腕の中に収まってしまうことなんて今更なのに、胸が早鐘を打ちはじめる。

鵺が言っていたのは、本当なんだろうか。

炯が、八雲を好きだなんて。

「……炯は、大丈夫？　怪我とか」

「はい」

足を伸ばして芝生の上に座ると、炯がポケットからハンカチを取り出して手際よく止血を始めた。

強く太腿を縛られると痛みが走ったけど、さっきまで覚えていた胸の痛みに比べたらたいしたことじゃない。それよりも、止血のために炯の腕があっさりと八雲を離れてしまったことのほうが心細く感じた。

「——命令を破って追いかけてきてしまい、申し訳ありません」

「そんなこと……！　僕のほうこそ、ごめん。あんなこと言って……」

ばつが悪くなって八雲が俯くと、炯も黙った。

助けてくれてありがとうと言いたいのに、なんだかいつもみたいに言葉が喉を通らない。いろんな気持ちが渦巻いて、炯にどう接していいのかわからない。

「……貴方様に血を流させてしまうなど、任を解かれて当然のことです」

やがてぽつりと炯が呟くと、八雲ははっとした。

止血を終えた炯の手を、反射的に摑む。摑んでしまってから、すぐに慌てて離した。

妖力が多すぎて苦しむというのが具体的にどういう感じなのか、八雲にはわからない。

もしかしたら炯が八雲の傍にいる限りその苦しさから逃れられないのであれば、このまま主従の関係を解いたほうがいいのかもしれない。

これまでの妖怪の襲撃が鵺によるものだったのなら、これで多少は鳴りを潜めるはずだ。でも。

「炯、……寿命を削るっていったいどういうことなの」

八雲は炯に手当てしてもらった足の傷を見下ろしたまま、強張った声で尋ねた。

炯も傍らに片膝をついたまま、微動だにしない。

「私の本来の姿は狐でございます。……初代様にお仕えするため妖かしとなり、狐の姿であれば万年も生きられるようになりましたが、人間の姿でいればその分寿命が縮まってしまうのです」

「っ、そんな……！　ごめん、……僕」

炯が狐の姿に戻れなくなったのは、八雲のせいだ。

八雲は膝の上で拳を強く握り締めると、深く俯いた。

炯を守りたいなんて言って、炯の寿命を一番縮めていたのは自分自身だ。

自分が憎らしくて、気が変になりそうだった。握り締めた拳が震える。と、そこに烔が掌を重ねた。

顔を上げる。

烔が、困ったような表情で双眸を細めていた。眩しいものでも見つめるように。

「このまま人間の姿でいたら――私の寿命はもってあと八十年というところでしょう」

「はちじゅ……――え？　八十年？」

今にも八雲の目に溢れ出そうになっていた涙が、ぴたりと止んだ。目を瞬かせると睫毛に残っていた雫がひとつ、頬に零れ落ちた。

「ええ。できれば、貴方様より一日でも遅く逝きたいものです。主より長生きをするなど下僕失格でしょうが、幸い、私は先ほど任を解かれたようですので」

八雲の頬の上の涙を指先で拭って、烔がわざとらしく嘯《うそぶ》く。

その取り澄ましたような表情を見つめながら、八雲は混乱した。

確かに、八雲は烔をもう下僕でもなんでもないと言った。

烔があんなに、任を解くことだけはしないで欲しいと言っていたのに。そんなことしないと、ずっと一緒にいたいと八雲だって願っていたけど。あの時はそうするのが一番だと思ったから。

任を解くのはやっぱりなしだ、なんて言えるはずもない。

だってこれ以上八雲が烔に妖力を与え続けたら――烔の寿命が、八雲と同じくらいになってしまう。

「八雲様、どうかされましたか？」

言葉を失って呆然とした八雲の顔を覗き込んで、烔が微笑む。

「どう、……って……ええと、」

「そんなに無防備な顔で私を見つめていては、口吻けしてしまいますよ。もう下僕でも主でもなければ、私は貴方様にどんな不埒なことをしても構わないのでしょう」

「！」

かっ、と顔が熱くなる。

不埒なこと、と聞き返しそうになった喉が貼りついて、八雲は口を無為にぱくぱくと開閉させた。

その唇を、炯の指先が優しく止める。

青空から降り注ぐ陽の光を遮って、炯の影が落ちてきた。

「――……僕は炯のことを下僕だなんて思ったこと、一度もないよ」

唇を啄ばまれる瞬間に八雲が応えると、炯が伏せていた視線を上げて目を瞬かせた。

あどけなさを垣間《かいま》見せた炯の首に、腕を回す。

「だって僕はずっと、炯のことが好きだったんだもん」

そう言って、八雲は炯の唇を引き寄せた。

「炯、……っやっぱり、恥ずかしいよ……っ」

炯が狐の姿に戻れなくなって最初のうちは二人じゃ狭いと思っていたベッドも、今じゃ慣れたものだ。窮屈さが心地よくすらある。

だけどどんなに抱きしめあって寝ても、こんなふうに体を重ねるのは初めてだ。

冷房を効かせた部屋で汗ばんだ体を開いて、八雲は炯に見下されていた。

Tシャツをたくし上げられて、下肢はあらわになっている。

「お嫌ですか？　……貴方様が嫌だと仰るのなら、私に無理強いすることはできません」

八雲の脇腹を掠めるように撫でる炯の掌に、肌が粟立つ。

神社で体を繋げた時とは違って今は何の術にかかっているわけでもないのに体の芯が甘く痺れて、八雲は歯噛みした。

「嫌、――……っていうわけじゃないけど、……恥ずかしい、よ」

八雲のあらわになった下肢は既にしっとりと濡れて、炯の腕に開かれている。膝を擦り合わせようとすると片足を担ぎあげられてしまう。

「お嫌でないのなら、……続けさせて頂いて構いませんね」

炯がゆっくりと身を寄せて、顔を背けた八雲の首筋に唇を吸いつかせた。

「んっ、……っふ、ぁ……っ炯、」

ビクビクと背筋を震わせた八雲がベッドを揺らすと、今度は脇腹を撫でていた掌がゆっくりと胸へのぼってくる。

「ぁ、や……っ炯、そこ、やだぁっ」

炯の指先が胸の飾りを撫でると、八雲は大きく身を捩って甘えた声で鳴いた。

さっきから胸に触れられるたび、炯が妖しい術でもかけているのじゃないかと思うくらい体が疼いて、おかしくなりそうだ。

すっかり天を向いて蜜を零している下肢に触れて欲しいのに、この間のようには触れてくれない。

八雲も、この間のようには淫らな言葉で誘えない。自分の部屋で炯とこんなことになっているというだけでも、恥ずかしすぎるのに。

「大人になったら食べてもいい、という約束でしょう」

耳朶《じだ》の下に押し付けたれた炯の唇が、ちゅっちゅっと音を立てて八雲の薄い皮膚を吸い上げながら囁く。そのたびに八雲はベッドの上で体を痙攣するように跳ねさせた。

「――っそ、……そういう意味じゃないよっ」

体が熱くて、頭もぼーっとしてくる。

八雲は炯の胸に手を押し当てた。それが炯を押し返そうとしているのか、あるいは縋りついているのか自分でもわからない。

「おや、覚えておいででしたか」

「！」

今にして思えば、ずいぶんと積極的な約束をしたものだと思う。

もっとも当時の八雲にそんなつもりはなかったけど、炯がひどく驚いていたことは覚えている。記憶を取り戻すまでは、もちろん忘れていたけど。

「わ、……忘れたっ」

かーっと顔を熱くした八雲が慌てて取り繕うと、耳元で炯が声を漏らして笑った。

炯が笑うと、すごく胸がきゅっと締め付けられるように苦しくなる。炯が好きで、好きで、堪らなくなる。

でも今は、吐息が耳朶を擽って別の意味で堪らなくなってしまいそうだ。

八雲はいやいやと首を振って、炯のシャツを着けたままの胸を力なく叩いた。

「け、……っ炯のいじわる！」

胸を押す手に少し力を込めると、炯はようやく顔を上げて八雲の赤い顔を覗きこんだ。まだ、笑っている。

黙っていると眦がつりあがって冷たいようにも見えるのに、そうして笑っていると蕩けそうなくらい甘くて、八雲は炯を独り占めしたくなってしまう。

そんなことを言ったら、もうとっくに八雲一人だけのものだ、と炯は言うんだろうけど。

あの後、中路は失恋しちゃったーと笑っていた。

炯は中路の記憶を消すことを提案したけど、八雲はそれを認めなかった。多分中路だって、そんなこと望んでないだろう。

失恋の痛みはきっと身を切られるより痛くて苦しいだろうけど、それが中路をより綺麗にするんじゃないかって思う。

失恋してもみんなを気遣って笑う中路を隣で見ている田宮も、同じくらい辛《つら》そうだった。

「八雲様」

炯に頬を撫でられて、八雲は視線を戻した。

自然と唇が落ちてきて、絡め合う。

啄ばむようなキスではなくて、舌を舐り合うように口吻けると八雲は体の芯が疼いて、炯の背中に腕を回した。

「意地悪が過ぎましたでしょうか。……どうか、嫌いにならないで下さい」

舌先を戯れさせながら炯が濡れた声で囁くと、八雲はうっとりと閉じた目蓋を少し開いて、笑った。

「……なるわけないよ」

嫌いになってくれと頼まれたって、そんなの無理だ。

濡れた舌を絡ませあい、顔を傾けて何度も唇を合わせる。

炯の唾液に喉を鳴らして嚥下《えんげ》すると八雲の体は夢見心地になって、ふわふわと宙に浮いたみたいな気分だ。

自分の体がどこか遠くに行って炯と離れ離れになってしまわないように、八雲は背中を抱いた腕をさらに強くした。炯の掌も八雲の頬を撫で、肩に滑って強く抱き返してくれる。

「炯も、僕のこと」

嫌いにならないで欲しい。

そう言いたいけど、キスで何度も止められてしまう。

炯がキスを仕掛けてくるのか、それとも八雲の方から欲しがっているのかわからない。

顎を上げて唇の表面を吸い上げ、舌を伸ばしてちろちろと舐め合う。そのたびに八雲は体をもじつかせて、炯にすり寄せた。

早く触れて欲しい。でももっと、話していたい。

この先、いくらでも二人だけの時間はたくさんあるのに。一秒一秒、全部が愛しく感じる。

炯の掌が肩から脇腹、下肢へと降りて行く。優しく爪を掠めるような手つきに煽《あお》られて、八雲は短く声を上げながら背中を反らした。

「ぁ、あ……っ炯、っ炯……！」

全身が粟立って、意志に関係なくビクビクと小刻みに震えてしまう。

自分がこんなにいやらしいだなんて、知らなかった。

以前は術にかけられていたけど、あれがどんなに堪らない快感を与えるかを知っている。体が炯を、覚えている。今、八雲の体が内側からうねってそれを欲しがっている。

熱い刺激を、もっと。

術を解くためじゃなくて、従者としてじゃなくて、恋人として。炯が欲しい。

「八雲様」

八雲の気持ちを見透かしたように囁いた炯が、耳元ではぁっと熱い息を弾ませた。その表情を見たくなって首をひねると、目元にキスされてしまう。

「ん、ぅ……炯、顔を、見せて」

背中に回した手の一方を炯の頬にあてがうと炯も少し顔を離してくれた。その顔は上気して、いつも怜悧な眼が潤んでいるように見える。薄くて赤く色付いた唇も濡れ、艶やかだ。白い首筋、触れるとわかる筋肉質な腕。繊細な指先。逞しい背中。

自分の上に覆いかぶさった炯の肢体を改めて意識すると、胸が破裂しそうなくらいドキドキしてきた。息苦しくて、呼吸が浅くなる。

「八雲様、……あまり焦らさないでください」

「焦ら……って、そんなの、僕は」

切ないような炯の声にびっくりして目を瞬かせると、突然唇を塞がれた。

「っ」

さっきまでとは違う、荒々しく舌を貪られるようなキス。

思わず八雲が逃げを打とうとすると肩を押さえつけられて、腰を突き上げるように押し付けられた。

「んぁ、……っ、あ！」

炯が、熱くなっている。

もちろん、八雲もだ。

ベージュのパンツを履いたままの炯の腰が、あらわになって蜜を滲ませはじめている八雲に擦り付けられる。

「ぁ、炯……っんぅ、け……っ炯」

天を向いた八雲のものにパンツの生地が擦れて痛いというより、染みになってしまうことが気になって八雲は炯の下肢に手を伸ばしていた。

歯列を舐めまわすようなキスを止めない炯の腰を浮かせて、ジッパーを下ろしていく。

唾液が唇の外まで漏れてくるような熱いキスをしながら炯の服を脱がせるなんて、少し前の自分が見たらどんな風に思うだろう。

だけど今は、パンツに自分の染みがついてしまうことを気にしてそうし始めたはずなのに、心の中がいやらしい気持ちで埋め尽くされていくように感じる。

早く炯のものに触れたい。

八雲のものはもうとっくに濡れている。それを炯のものと擦り合わせたい。

こんな恥ずかしいことを自分が考えるようになるなんて信じられないし、こんなに淫らな主人だということを炯に知られたくない。知られたくないけど、もっとしたい。

互いの体がドロドロに蕩けてしまうまで熱く絡み合って、ひとつになりたい。

「八雲様」

ぎこちない手つきで炯の前を開いた八雲が下着の上から触れると、炯が息を詰めたのがわかった。

触れた掌が火傷しそうなほど熱くなった炯のそれは既に硬く猛《たけ》っていて、八雲が撫でるとビクビクと震えた。

胸が締め付けられるように、愛しくなる。

こんなにも炯が好きだということが思い知らされるようだ。

「炯、ごめん……ごめんね、僕のこと、嫌いにならないで」

片手で炯の下肢を撫でながら、もう一方の手を頬にあてがって涎まみれのキスをする。

恥ずかしくて、嫌われそうで怖くて、でも体が熱くなって、止められない。八雲の目には自然と涙が溢れてきて、泣きじゃくるように吐息を震わせた。

「どうして私が八雲様を嫌いになれましょう」

長い睫毛を伏せて八雲が欲しがるまま唇を啄ばむ炯の腕が、八雲の双丘に触れた。

炯の長い指先が八雲の薄い双丘の表面を撫でると、それだけで八雲は中心を収縮させながら息をしゃくりあげるようにして声を漏らした。

「妖かしの分際で、私は貴方様の全てが欲しくて欲しくて、堪らないというのに」

声だけで、焼け付きそうだ。

囁かれる耳元も、心の中も、触れられた肌も。

八雲はヒリヒリするような気持ちを抑えながら濡れた唇を噛んだ。炯の顔を、濡れた瞳で仰ぐ。

「僕も、炯が欲しいよ……っ、炯の、いっぱいちょうだい」

心も、体も。

そうと言わなくても炯は八雲の言葉に短く肯いて、表面を辿らせた指先を八雲の中に潜り込ませてきた。

「んぁ、っ……あ、ぁ、あっ炯、……ど、しよ……僕っ」

体の内側のむずついたところを炯の指先に触れられると、いやらしさが更に増幅していくようだ。

腰を跳ねるように浮かせて、自分から揺らめかせてしまう。炯の大きなものを入れて欲しくて、下肢がヒクつく。

「そんな甘やかな声で呼ばないでください。……貴方様を滅茶苦茶にしてしまいそうです」

ゆっくりと八雲の中を出入りする炯の指先が、湿り気を帯びて糸をひくような水音を漏らす。

体の中の柔らかな部分を掻き乱されて、八雲は息を荒げながら炯の腕に縋り付いた。

「ん、ァ……っして、……炯、僕のこと——……炯が、したいように……っ」

さっきから炯の指先が八雲の体の中にあたるたびに体が痙攣するように震えて、ひとりでに蜜が溢れてしまう。背後を弄る炯の手元に滴るほど。

熱いのに、全身に鳥肌が立つ。

「八雲様」

炯が、八雲の頭を自分の胸に押し付けるように強く抱いた。と同時に指先で解した八雲の下肢に炯のものが擦り寄ってくる。

八雲は息苦しいくらい密着した炯の腕の中で、息を呑んだ。

あらわになった肌に触れられるだけでいやらしくなって、内側を指で撫でられるだけでももっとはしたなくなってしまったのに。それで貫かれたらいったいどうなってしまうんだろう。

もう離れられなくなるかもしれない。

離れるつもりもないけれど。

「炯……っ、炯、好きだよ。好き……っ」

下着から掬い出されたものの先端を押し当てられて、喘ぐように八雲は繰り返した。

「ええ、八雲様。……私も――……、私もずっと、貴方様のことを」

炯が短く息を詰めた瞬間、大きな熱が八雲の中に入ってきた。

「っあ、あ……ぁあ、あっ……炯、……っ炯」

ゾクゾクっと背筋を甘美なわななきが走って八雲が身を捩らせようとすると、それすら許さないかのように炯が腕の力を強めた。

「――愛しています」

息が止まるくらい強く抱きしめられた腕の中で、低く炯が囁く。

それはどんな愛撫よりもドキドキして、八雲は中に入ってきた炯自身をきゅうっと締め付けた。

炯が少し表情を歪めて、だけどグッと腰を進めてくる。八雲はベッドを軋《きし》ませるように腰を痙攣させながら、仰け反った。

「ひぁ、あっ……んぁ、入っ……炯、炯……っあつい、の……っ」

「八雲様の、中も」

濡れた声で言われると、恥ずかしさで頭がどうにかなりそうだ。

だけど自分の中をもっと炯のいいように滅茶苦茶にして欲しくて、八雲は腰に足を絡めた。

「炯、もっと……もっと、」

濡れた炯の白銀の髪をかき上げながら、熱い息を弾ませる炯の唇をペロペロと舐める。

炯も八雲の頭を抱いてその舌先に吸い付いては離し、唇を塞いでは唾液を啜った。

埋めた腰が浅く揺れながら、奥へと進んでくる。

最初は窮屈で苦しく感じていたものがどんどん解けて、奥に炯の息吹を感じる。

「ぁ、あ……っ炯、炯……っ気持ち、い……っ？　僕の、なか……っ」

それでもまだ息苦しそうな炯の様子を窺って八雲が言うと、項垂《うなだ》れるように視線を伏せていた炯が目を瞠って顔を上げた。

熱にのぼせた八雲がその顔を見上げると、赤い顔をした炯が視線を彷徨わせてから小さく、ため息を吐く。

「まったく、貴方という人は……」

呆れたように呟くや否や炯は八雲の体を離して、それまでぴたりと密着させていた上体を起こしてしまった。

「ぁ……っ、」

何か嫌われるようなことを言ってしまったのだろうか。

急に肌寒さを覚えた八雲が不安に駆られて炯に腕を伸ばすと、その手を握られた。指を絡めて、ベッドの上に押さえつけられる。

「最愛の人と繋がっているなんて、蕩けそうなほど良い気持ちに、決まっています」

照れくさそうに、炯が漏らした。

その瞬間、ズッと深く腰を突き上げられて八雲の目の前が白く瞬いた。

「あ……っ、！　ぁ、あっ……や、っ炯……すご、っ」

最奥を突いた炯の腰がそのまま乱暴に揺さぶられると、八雲の前からはびゅくびゅくと白濁の蜜が溢れ出てきて、止まらなくなる。

それを恥じらって隠そうとしても、両手をベッドに縫い付けられたままだ。

「や、ぁ……っ炯、恥ずかしい、から、ぁ……っ」

羞恥で全身が赤く染まっているのが自分でもわかる。

その体を見下ろして、炯が深々と貫いた腰をぐちゅぐちゅと揺らめかせ始めた。

「ンぁ、っ！　ぁ、あっ……け、炯……っぁ、すご……っ、止ま、な……っ！」

炯が身動ぐたびに八雲は痙攣して、蜜を零してしまう。それを炯に見下されていると思うと、余計に体が過敏になっていくようだ。

焦れったいくらいに感じていた体の中のムズムズした部分を炯に擦られると頭の中がふわーっと白くなって、体が弛緩してしまう。だけどそれと一緒に快楽の波に押し流されるような感覚に手足が緊張して、断続的に痙攣を繰り返す。

「け……っふぁ、あっ……炯、炯ぃ……っもっと……っ！」

蕩けそうだ、というこの感じを炯も一緒に感じているのだと思うと、気持ちまで繋がっているような感じがしてもっと気持ちよくなってくる。

炯は抱えた片足を摑んでその下を潜ると、八雲の体を横臥《おうが》させた。そしてまた上体を屈めて覆いかぶさってくる。

体の向きを変えたことで炯の尖りの当たる部分が変わって、八雲は自分の膝を抱え込むような格好でのたうった。

「私の主人は可愛らしくていやらしくて、……罪なお方です」

横向きになって無防備にされた八雲の耳を、炯がちゅちゅっと短く吸い上げる。

それだけで八雲の体は捩れて、背後に捉えた炯のものを甘く締め付けてしまう。

こんなだからいやらしいと言われてしまうのに、そう言った炯の声は泣きたくなるほど優しかった。

安心感を覚えるほど体の緊張が解けて感度が増していく。

八雲と同じなのかわからないけど、喉から呻くような声を漏らした炯が密着させていた腰を弾ませ始める。

「んぁ、やぁ……っ炯、炯……っあ、っぁあ、っんぁ、あっだめ、だめ……僕、また……っ！」

横抱きにされた肩に唇を伏せられて腰を打ち付けられるとまた下腹部から衝動がわき上がってきて、八雲は悶えた。

「ええ、……八雲様。今度は私と、一緒に」

真剣な炯の声に、八雲はわけもわからず何度も浅く肯いた。

八雲の中を抉るように突き上げる炯の動きが激しくなっていく。八雲は短い悲鳴を何度も嚙み殺しながら、炯の手をきつく握り直した。

「八雲様、……っ、八雲様」

体内に埋められた炯のものがドクンと大きく脈打ったような気がした、その瞬間。それまで堪えていた八雲の前から勢いよく精が迸《ほとばし》った。

「ぁ、あ……っぁあ、あ――……っ炯、止まんな、っ炯……っ炯――……っ！」

ベッドの上で引き攣るように体を震わせながら、八雲の蜜は断続的に噴き上げて、止まらない。だけどその体を押さえつけた炯もまた深々と八雲を貫いたまま全身を硬直させて、最後の一滴まで八雲に注ぎこむかのように息を詰めていた。

炯の熱い奔流を体内に感じると、それがまた刺激になって吐精が止まらなくなっているような、そんな気がする。

「ぁ……あ、っ炯……すごい……っ気持ち、い……」

汚れてしまったシーツの上でまだビクビクと体を震わせながら八雲が仰ぐと、炯も切なそうな表情を緩やかに蕩けさせて、弛緩した表情で八雲を見た。

「――……八雲様」

ひとしきり欲望を吐き出した後で炯のものがずるりとひとりでに抜け落ちると、八雲はもう一度仰《あお》向《む》けに寝返りを打った。

まるでそれが合図だったかのように炯が唇を寄せてくる。

唇を閉じる暇もなく嬌声をあげていたせいで八雲の口の周りには涎が伝っていたのかもしれない。

それを炯が丁寧に舐めとってくれる。

恥ずかしくて肩を窄めると、その首筋にも唇が降ってきた。

「八雲様、……愛しています。心から、貴方様だけを」

まだ熱に浮かされたような口調で、だけど決してうつろじゃない声で炯が繰り返す。

過敏になっている八雲にはそれがどんなに甘い刺激になるか知らないのか、――知った上で囁いているのかもしれないけど。

「八雲様が年老いて自然と天に召されるその日まで、どうか私をお傍に置いて下さい。貴方様を決して一人にはしません」

まだ呼吸の荒いままの炯が首筋から顔を上げると、目があった。

呼吸も忘れるほど整った美しい双眸に絡め取られて、八雲は返事もできなかった。

「私とずっと一緒に生きて下さい。……どうか、お願いです」

炯が、ベッドの上に力なく落ちた八雲の手を握りなおして指を絡める。その指先に恭しく唇を落とした。

今にも消え入りそうな切ない囁きを聞いていると、八雲はなんだか泣きそうになってしまった。それと同時に、恥ずかしさで体が蕩けてしまいそうだ。

だってこんな状態で、そんなこと言われたら。

「炯、……それってプロポーズ、みたいだよ」

甘い息をしゃくりあげた八雲が窺うと、指先に口吻けたまま視線を上げた炯が息を吐くように笑った。

もしかして烔とこの先寿命が尽きるまで一生一緒にいたら、こんなことを毎日囁かれ続けるのだろうか。

今までと同じようで、だいぶ違う。

だってこれから毎日こんな距離で囁かれたら、キスだけでは済まないくらい八雲からも烔を欲しくなってしまいそうで。

「では、新たな契約を結びましょうか」

口吻けされた指先を烔の頬に滑らせて、引き寄せる。

「夫婦の、契りを」

唇の表面を触れ合わせながら烔が囁く。八雲は肯く代わりにちゅっと音を立てて吸い付いた。

これから先、八雲が最期の息を引き取るその瞬間まで何度口吻けることになるかわからない、愛する伴侶《はんりょ》の唇に。

「……どっちがお嫁さん？」

鼻先を触れ合わせたまま瞳を覗きこむと、烔はまだどこか上気した表情のまま優しく微笑んだ。

「私が八雲様の妻になりましょう。そうすれば、貴方様のお世話を焼くことができますから」

「烔がお嫁さん？」

ふと八雲が小さく笑うと、その拍子にさっき注ぎ込まれたばかりの烔の精液が漏れ出てきた。

思わず体が震えて、烔にしがみつく。

「八雲様、どうかされましたか」

八雲の肩を抱きとめ唇を寄せながら、烔が目を瞬かせる。

まさか漏れてきたから……なんて言えない。

だけど八雲が熱くなった顔で恨みがましく見上げると、どうやらそれだけで烔には伝わってしまったみたいだった。

「お許しいただけるのであれば私が八雲様に嫁ぎたいと思っていますが――」

双眸を細めた烔が嘯いて、もう一度八雲の唇を啄ばむ。

八雲も思わずその首に両腕を回して、顎先を上げた。唇を開いて、烔に口吻けをねだる。

「――褥《しとね》の中でだけは、私が夫となって可愛らしい貴方様を抱かせてくださいね」

烔にキスしようとした八雲が目を瞠って一時停止すると、その無防備な唇を吸い上げられた。

「……っそんなの、いいに決まってるよ……。その代わり、……もう二度と、黙ってどこかに消えたりしないでね」

あんなに寂しい思いは、もうしたくない。

上目で縋るような視線を窺わせると、烔は濡れた八雲の体をベッドから抱き上げてきつく腕の中に閉じ込めた。

「仰せのままに、我が主」

八雲の髪に鼻先を埋めた烔の低い声が囁く。

もう二度と手放さないと、誓うかのように。

あとがき

こんにちは、茜花《さいか》ららと申します。三冊目の著書となりました、ありがとうございます。

当初、この話の原型を思いついた時、妖怪は「たぬき」でした。主人公の少年が首からぶら下げているのはお守りではなく、がまぐちの鞄……。そもそもなんでそんな話を思いついたのか思い出せなくなった頃に妖怪ものを書かせていただけることになり、こうなりました（笑）。

昔から何故かお稲荷さんが大好きで、お祭りの囃子などでも狐面が出てくるとシャッターを切りまくってしまいます。あれはなんなんでしょう……かわいいですよね、狐面。

今回も素敵な挿画をつけて頂き、本当にありがとうございます。陵《みささぎ》先生の描いてくださった管狐姿かわいすぎるし、炯の人間体姿のラフでノックアウトされました……いろいろとご面倒もおかけしたと思いますが、ありがとうございました。

いつも細やかなお心遣いをくださる担当様、今後とも何卒よろしくお願い致します！

そして何より本著を手にしてくださったあなたに！　本当にどうもありがとうございました！　楽しんでいただけたら幸いです。是非また、お会いしましょう。

２０１４年　５月　茜花らら

この本を読んでの
ご意見・ご感想を
お寄せ下さい。

〒151-0051
東京都渋谷区千駄ヶ谷4-9-7
(株)幻冬舎コミックス　リンクス編集部
「茜花《さいか》らら先生」係／「陵《みささぎ》クミコ先生」係

リンクス ロマンス

狐が嫁入り

2014年5月31日　第1刷発行

著者……………茜花《さいか》らら
発行人…………伊藤嘉彦
発行元…………株式会社　幻冬舎コミックス
〒151-0051　東京都渋谷区千駄ヶ谷4-9-7
TEL 03-5411-6431（編集）
発売元…………株式会社　幻冬舎
〒151-0051　東京都渋谷区千駄ヶ谷4-9-7
TEL 03-5411-6222（営業）
振替00120-8-767643
印刷・製本所…共同印刷株式会社
検印廃止

ISBN978-4-344-83140-7 C0293
Printed in Japan

幻冬舎コミックスホームページ　http://www.gentosha-comics.net